La beauté des lieux
la bouleversait

"Si vous trouvez que c'est si merveilleux, pourquoi êtes-vous partie en disant que vous ne reviendriez jamais?" demanda Yvan en coupant le moteur.

"Je ne peux pas habiter ici si vous y êtes, et vous le savez bien. Je ne peux pas vivre avec vous en tant qu'épouse. Oh, Yvan, pourquoi ne pas admettre la réalité? Vous et moi n'avons pas la même conception du mariage…"

"C'est bien vrai, Elaine," interrompit-il rudement. "Vous, vous l'avez fait sous l'impulsion du moment, parce que le soleil d'été, les roses et le vin vous avaient tourné la tête!"

Elaine bouillonnait de fureur à l'idée qu'il la taxait d'irresponsable.
Le perfide!

DANS HARLEQUIN ROMANTIQUE

Flora Kidd
est l'auteur de

DANS COLLECTION HARLEQUIN

Flora Kidd
est l'auteur de

Ces titres sont disponibles chez votre dépositaire.

Des roses et du vin

par

FLORA KIDD

Harlequin Romantique

PARIS • MONTREAL • NEW YORK • TORONTO

Publié en novembre 1982

ISBN 0-373-41147-2

Dépôt légal 4e trimestre 1982
Bibliothèque nationale du Québec et Bibliothèque nationale
du Canada.

Imprimé au Canada—Printed in Canada

1

Le grand-oncle d'Elaine Cooper, Armand Saint-Vérain était très malade et la demandait à son chevet dans sa maison de campagne de Chambourtin-en-Duvay. En recevant cette nouvelle, Elaine s'assura d'abord auprès de son directeur qu'elle pouvait prendre un jour de congé, puis elle consulta les horaires des vols Londres-Paris, et elle écrivit à Marguerite, la femme d'Armand, qu'elle arriverait à l'aéroport Charles-de-Gaulle le vendredi à dix heures du matin.

L'avion atterrit à l'heure, et elle alla chercher sa valise sur le tapis roulant, puis jeta un regard alentour au cas où quelqu'un serait venu à sa rencontre. Sans grand espoir, elle patienta un moment.

Au bout d'un quart d'heure, comme personne n'arrivait pour l'accueillir, elle décida de louer une voiture pour se rendre à Chambourtin. Elle fut bientôt au volant d'une petite Renault rouge, se faufilant à travers les embouteillages parisiens vers la Nationale qui la mènerait vers Chartres, Tours, Poitiers et le Bordelais.

Comme elle aimait conduire et connaissait l'itinéraire, elle fut à Chartres rapidement, et s'arrêta pour prendre un café dans une vieille auberge sur la grand-place. La tentation était forte de s'attarder et pénétrer dans la cathédrale ; mais elle voulait être à Chambourtin pour quatre heures, et elle continua sur l'autoroute ensoleillée. Dans la campagne, des églises anciennes dominaient des petits villages aux vieilles maisons penchées, des jardins où les roses fleurissaient à profusion, et des châteaux lointains aux murailles blanchies s'élevant au bord d'une rivière aux doux reflets bleutés. Après Tours, elle s'arrêta dans un village paisible, et s'assit à la terrasse d'un café pour manger un succulent petit pain au jambon. C'était bon de se détendre un moment à l'ombre d'un vieux châtaignier, en savourant une limonade glacée.

A l'approche de Poitiers, la route fut envahie de camions, et Elaine dut y concentrer toute son attention. La ville surgit soudain au bord d'une falaise ; une rivière coulait à ses pieds. Elle passa un pont et la cité se dressa devant elle, forteresse naturelle bâtie sur un promontoire rocheux. Elle changea de vitesse et lança sa voiture dans une rue escarpée, traversa la place du marché devant la magnifique église romane de Notre-Dame-la-Grande, au portail majestueux, flanqué de deux petites tourelles-lanternes avec leurs toitures en forme de pommes de pin.

Elle redescendit vers un autre pont et se retrouva dans la campagne. La grande plaine se déroulait devant ses yeux, assombrie seulement par des petits nuages blancs qui flottaient paresseusement dans le grand ciel bleu.

A mi-chemin entre Poitiers et Angoulême, elle obliqua dans une étroite route de campagne qui traversait des villages ancestraux. Les rayons du soleil déclinant doraient les murs moyenâgeux à demi ruinés et les toits affaissés rongés par le temps. Ils scintillaient également sur les machines agricoles rouges et jaunes qui travaillaient dans les champs. Un groupe de pierres préhistoriques dressées, lugubres et mystérieuses, côtoyait dans une prairie des bœufs charolais qui broutaient placidement parmi la moutarde sauvage et les pâquerettes blanches. Dans une cour de ferme, des chevrettes bondissaient autour d'une jeune fille qui leur tendait à manger. Dans une autre cour, de belles oies blanches se dandinaient autour d'une mare.

Elle poursuivit son chemin sous le chaud soleil de l'après-midi, toujours en direction du Sud-Ouest. Quand la route descendit le long d'une rivière large et tranquille, Elaine éprouva un sursaut de joie devant ce spectacle qui lui était familier. La rivière s'appelait la Duvay. De grands peupliers d'Italie s'alignaient le long des rives, et leurs ombres traçaient de longues bandes sombres en travers de la chaussée.

Avec émotion, Elaine se rappelait toutes les fois où, enfant, elle avait fait le voyage en compagnie de sa grand-mère, Eléonore Saint-Vérain Cooper. Après la mort des parents d'Elaine, tués dans un accident d'automobile, cette infatigable Française avait emmené chaque été pendant huit ans, sa petite fille dans le vieux château, au milieu des vignobles qui, en leur temps, avaient produit l'un des meilleurs Cognacs des Charentes.

La jeune femme était maintenant presque au terme de son voyage. Elle se trouvait en pleine campagne, aucune autre voiture n'était en vue. Aucune ? Pas tout à fait. Elle jeta un coup d'œil dans le rétroviseur, et une légère appréhension la saisit à la vue de la grosse Citroën grise qui la suivait depuis Paris.

Tant qu'elle était restée sur la route nationale, la présence fréquente de l'automobile derrière elle ne l'avait pas alarmée. Après tout, la France était remplie de ce genre de modèle, et ce n'était peut-être pas toujours la même ? Mais en arrivant à Poitiers, elle avait commencé à avoir des soupçons : quelle que fût la circulation, la voiture grise réapparaissait toujours en gardant la même distance, si bien qu'elle ne put jamais distinguer le numéro d'immatriculation, ni si le conducteur était homme ou femme.

Une fois de plus, elle regarda dans le miroir. Le véhicule aurait pu la dépasser depuis longtemps, et elle eut la désagréable impression que son conducteur savait qui elle était, et prenait un plaisir presque sadique à rester derrière elle pour l'inquiéter.

La bouche d'Elaine se serra, et ses yeux brun foncé se rétrécirent. Le comportement du chauffeur lui rappelait quelqu'un ; quelqu'un qu'elle ne pensait pas voir avant d'arriver au château, quelqu'un qu'elle avait réussi à éviter pendant presque neuf mois : son mari, Yvan Durocher. Elle l'avait quitté après seulement quatre mois de mariage, parce qu'elle avait appris son infidélité.

Frissonnante, elle prit une longue inspiration, car le souvenir des événements de l'année précédente la blessait encore. Comme elle avait été crédule et bêtement romantique pour s'abandonner à un homme aussi matérialiste, sans cœur, et pour qui le mariage n'était qu'une convenance. Sa haine pour Yvan et le souvenir de son humiliation l'envahirent en un flot brûlant. Inconsciente de ce qu'elle faisait, attentive seulement à s'éloigner de l'automobile qui la poursuivait si assidûment, elle appuya sur l'accélérateur. La petite voiture rouge réagit immédiatement et bondit en avant.

Des gravillons de la chaussée en mauvais état jaillirent sous les pneus lancés à grande vitesse. La route virait à gauche pour suivre une courbe de la rivière. Elaine comprit trop tard qu'elle roulait un peu vite pour prendre le virage, et les roues mordirent sur le talus. Elle tenta de freiner, mais hélas, trop tard, et, emportée par sa vitesse, la voiture plongea en avant, glissant sur l'herbe sèche de la rive pour venir s'arrêter dans une mare asséchée.

Secouée mais indemne, Elaine coupa le contact et appuya son front sur le volant quelques instants pour essayer de contrôler le tremblement nerveux dû au choc. Son épaisse chevelure dorée glissa en avant et cacha son visage à la vue de l'homme qui avait quitté sa voiture. Il ouvrit la portière à toute volée.

— Que s'est-il passé, madame ?

Sa voix était profonde et lente. La voix d'Yvan qu'elle avait tant voulu oublier.

— Vous allez bien ? ajouta-t-il, comme elle ne bougeait pas, et il y eut une ombre d'inquiétude dans le ton. Mais elle ne broncha pas et ne répondit pas non plus. Maintenant qu'elle était sûre qu'il l'avait suivie, le besoin de le tourmenter à son tour la submergeait. Lui laisser penser un moment qu'elle était blessée... ou morte. Il éprouverait peut-être un remords de conscience ?

Elle l'entendit marmonner un juron, puis sentit ses mains sur ses épaules, dures et fermes. Aussitôt un sentiment complexe de délice et de peur la transperça. Elle n'avait pas imaginé que son contact produirait sur elle un effet aussi dévastateur après tant de mois, et elle dut résister à un désir désespéré de se libérer.

Lentement, il la dégagea du volant pour la reposer sur le dossier de son siège. Les yeux fermés, elle attendit sa réaction.

Rien ne se passa. Tout ce qu'elle entendait fut le chant des cigales dans l'herbe haute, le pépiement des oiseaux et le bruissement ininterrompu des feuilles de peupliers. Elle se décida à gémir légèrement et à cligner des paupières, juste assez pour montrer qu'elle était vivante et reprenait ses esprits.

— Vous êtes très belle ainsi, ma chère épouse, mais je ne suis pas dupe. Vous avez trop de couleurs pour être inconsciente ou blessée.

Il n'y avait plus l'ombre d'un souci dans sa voix maintenant. Il avait pris une intonation caustique, et son allusion moqueuse à leur ancienne relation la toucha au vif. Ouvrant ses grands yeux bruns qui surprenaient tant dans son visage de blonde Anglaise, Elaine se redressa et le regarda.

Il était appuyé sur la portière de la voiture ; sous ses sourcils sombres et réguliers, ses yeux bleu indigo l'observaient avec une expression de dérision. Rien ne semblait changé en lui. Ses cheveux drus et noirs, prématurément striés de gris, avaient toujours tendance à onduler, et ils étaient suffisamment longs pour effleurer le col de sa chemise. Son visage maigre gardait un aspect de cuir tanné à cause des heures passées au grand soleil. Et sa bouche large dessinait encore cette courbe sensuelle, qui l'avait fait s'interroger, la première fois qu'elle l'avait rencontré, sur la sensation d'être embrassée par lui.

Une chemise moulante en tricot de coton mettait en valeur la masse des muscles de ses épaules et de sa poitrine. Sa couleur crème contrastait avec le hâle profond de ses bras bruns. Un pantalon de toile bleue, ceinturé à la taille, enserrait ses cuisses puissantes. Comme autrefois, son physique rude combiné à ses traits aquilins et à la grâce de ses longues mains dégageait une impression de solidité mêlée de raffinement : un mélange dangereusement attirant, comme elle ne le savait que trop.

— Pourquoi m'avez-vous suivie ? le défia-t-elle, rompant le silence.

— Je vous ai suivie ? répliqua Yvan froidement, et pendant un instant, elle fut déconcertée.

Peut-être était-il allé à Poitiers faire une course, et se trouvait-il juste sur le chemin du retour ? Mais elle vit alors un éclair de moquerie dans ses yeux et le pli ironique de sa bouche ; elle sut alors qu'elle avait raison. Il l'avait suivie depuis son départ.

— Evidemment ! affirma-t-elle. Vous vous êtes mis à ma poursuite délibérément pour… pour me tourmenter.

Elle s'arrêta quand elle vit un sourire éclairer son visage, un sourire très doux tout à fait inattendu, et en même temps, il se pencha soudain en avant pour promener son doigt le long de sa joue.

— Comme vous me connaissez bien, ma chérie ! ironisa-t-il doucement. N'y a-t-il pas un dicton qui dit : « L'habit ne fait pas le moine » ? Vous devriez peut-être le méditer pendant les quelques jours que vous passerez au château.

— Je ne resterai pas longtemps, répliqua-t-elle, en évitant le doigt caressant, et en se renfonçant contre le dossier de son siège.

Ses grands yeux bruns reflétaient une appréhension, car Yvan semblait avoir compris la vraie raison de sa venue.

— Je dois être de retour à mon travail lundi, ajouta-t-elle, déterminée.

— Nous verrons, répondit-il calmement, et aussitôt elle fut sur ses gardes.

Elle savait combien il pouvait être inflexible quand il avait décidé de suivre une certaine ligne de conduite.

— Je ne resterai pas plus longtemps, Yvan. Vous ne pouvez m'y obliger.

Il n'essaya pas de discuter avec elle, mais haussa simplement les épaules.

— Et maintenant, puisque vous n'êtes pas blessée, puis-je vous suggérer de finir votre voyage avec moi ? Je doute beaucoup que votre voiture puisse être tirée de cette mare sans l'aide d'un équipement adéquat, dit-il calmement.

Inquiète tout à coup pour la voiture, Elaine s'en extirpa et passa devant lui pour examiner sa position dans le fossé. Il ne semblait pas y avoir de dégâts à la carrosserie, mais quand elle se retourna et vit la pente raide de la rive, elle comprit qu'Yvan avait raison. La voiture ne pourrait être sortie du fossé qu'à l'aide d'une petite grue.

Elle s'aperçut qu'il avait fermé la portière et fait le tour du véhicule. Il était en train d'ouvrir le coffre avec les clés qu'il avait retirées du contact. Remplie d'indignation, elle se rapprocha de lui.

— Mais que pensez-vous faire ? demanda-t-elle.

— Prendre votre valise dans le coffre, répliqua-t-il, en joignant le geste à la parole. Je suppose que vous avez dedans des vêtements dont vous aurez besoin.

— Laissez-la ! ordonna-t-elle sèchement. Vous

n'avez pas le droit de la toucher ni de me dicter ma conduite.

Il ferma le coffre, et la valise à la main, il se retourna en lui lançant un regard moqueur.

— Au contraire, chérie, répondit-il, imperturbable, j'ai tous les droits de prendre soin de vous, et de vous dire ce que vous avez à faire. Je suis encore votre mari.

Il passa devant elle et fut en haut de la pente en quelques enjambées. Elaine le suivit en glissant dans les hautes herbes piquantes. Quand elle arriva en haut du talus, elle était tout essoufflée ; sa valise était enfermée dans le coffre de la Citroën.

— Allons-y, ordonna Yvan en ouvrant la portière du chauffeur.

— Attendez, j'ai laissé mon sac à main dans la Renault, s'exclama-t-elle, et elle redescendit la pente en une course de plus en plus accélérée pour s'arrêter contre la voiture. Elle s'aperçut que la portière refusait de s'ouvrir et comprit qu'Yvan l'avait fermée à clé. Elle regarda autour d'elle, exaspérée, et rattrapa juste à temps les clés qu'il lui lançait.

Elle prit son sac, referma la portière et gravit à nouveau le talus ; si seulement elle avait eu aux pieds autre chose que ces sandales beiges aux talons hauts qui s'accordaient si bien avec sa robe verte en soie tricotée. Elle se dit avec dépit qu'elle était vêtue plutôt pour une sortie à Paris que pour une journée à la campagne.

Le moteur de la Citroën tournait au ralenti, et Yvan était assis au volant, en train de fumer une cigarette. Elaine ouvrit la portière et se glissa sur le siège à côté de lui. La porte à peine refermée, la voiture démarra, et comme ils avançaient rapidement, les ombres des peupliers semblaient bondir à leur rencontre.

— Nous nous arrêterons au garage à l'entrée du village, dit Yvan. Marcel a une dépanneuse avec une grue. Sans aucun doute il se fera un plaisir de sortir la Renault du fossé. Il demande toujours de vos nouvelles quand je prends de l'essence, et veut savoir quand vous reviendrez à Chambourtin.

Elaine mordit sa lèvre inférieure et regarda dehors. Dans le lointain, les maisons de Chambourtin scintillaient comme un mirage au-dessus des champs alentour. Plus loin, le clocher de Saint-Augustin, où elle s'était mariée, s'élevait, élégant et gracieux, au milieu d'un bouquet de cyprès noirs. La vue du clocher et l'idée que Marcel Daudet, le propriétaire débonnaire du garage local, s'était inquiété d'elle, la touchaient d'une façon inattendue. Chambourtin exerçait déjà son charme, en lui faisant sentir qu'elle appartenait à ces lieux et n'aurait jamais dû les quitter.

Mais elle ne devait pas se laisser aller. Il fallait résister à toutes les tentatives des gens et des lieux pour la retenir ici, et surtout à l'homme assis à côté d'elle, prêt à l'attirer dans une relation désormais pleine d'amertume. Aussi ne sortit-elle pas de la Citroën quand celle-ci stoppa dans la cour encombrée en face du grand hangar où Marcel et son fils Claude réparaient des moteurs de voiture, des bicyclettes et des motos. Elle resta assise, maussade, renfrognée, les yeux braqués sur la maison des Daudet, une construction moderne typique, simple et carrée. Seuls les rideaux à volants drapés devant les fenêtres et les jardinières de fleurs débordant de soucis, de giroflées et d'asters adoucissaient l'austérité de la façade. A ce moment-là, son attention fut attirée par des éclats de rire venant du côté de Marcel et d'Yvan.

Ils regardaient dans sa direction et elle était sûre qu'ils riaient d'elle. Yvan avait probablement raconté à Marcel la façon dont elle avait abouti dans le fossé, en exagérant un peu l'incident, en le narrant avec son humour sarcastique calculé pour provoquer les rires.

Elle rejeta la tête en arrière et regarda ailleurs. Des larmes brûlantes lui piquaient les yeux à l'idée qu'Yvan était insensible au point de faire des plaisanteries sur son compte avec le propriétaire du garage.

Soudain, Marcel lui-même se trouva devant la vitre de

la voiture, souriant et la saluant aimablement. Il aurait été indélicat de sa part de ne pas descendre la vitre et lui parler.

— Bonjour, mademoiselle… oh, excusez-moi : madame ! Je suis content de vous revoir.

— Bonjour, monsieur, répondit-elle.

Son plaisir évident de la revoir la réconforta, et elle ne put s'empêcher de lui sourire.

— C'est bon d'être ici, s'entendit-elle dire à sa grande surprise. J'espère que vous pourrez vous occuper de cette voiture de location pour moi et la ramener au château dès que possible.

Marcel rayonnait.

— Ce sera un plaisir, madame, comme lorsque je réparais les crevaisons sur votre bicyclette. Vous vous souvenez de ce temps-là ? Quand vous veniez en vélo au village pour acheter une glace chez Mme Sorel ?

— Oui, je m'en souviens, répondit Elaine. Comment va Mme Sorel ?

— Pas très bien, répondit-il, en hochant la tête. Elle est à l'hôpital de Cognac !

— Ce n'est pas possible !

— Ma femme et moi allons la voir demain. Je lui dirai que vous êtes de retour, elle sera contente. Au revoir, madame.

Il recula d'un pas et porta la main à son front dans un salut à l'ancienne mode, tandis que la voiture démarrait, avec Yvan de nouveau au volant. Ils passèrent dans l'étroite rue tortueuse. Avant d'atteindre l'église romane, la route tournait brusquement à gauche sur un pont de pierre.

— Comment va oncle Armand ? demanda Elaine, incapable de se taire plus longtemps.

— Il est mourant.

La réponse pénétra en elle comme une lame, et les larmes lui remontèrent aux yeux.

— Et votre maman ?

— Elle est à ses côtés comme toute bonne épouse

quand son mari est malade... c'est elle-même qui me le dit.

La remarque sardonique était un reproche à son adresse, elle le savait, un commentaire sur le fait qu'elle l'avait quitté l'année précédente. Elle jeta un regard de côté, vit la courbe cynique de sa bouche, et elle sentit un pincement au cœur à l'idée que son propre comportement était la cause de son cynisme.

Elle se replongea dans la contemplation du paysage. En pensant à Marguerite, la mère d'Yvan et la femme d'Armand, elle se rappelait le cri de consternation de sa propre grand-mère quand elle avait appris le mariage d'Armand à l'âge de soixante-cinq ans, Armand Saint-Vérain, célibataire endurci, avait épousé Marguerite Durocher, sa gouvernante et la veuve de Jean Durocher, qui avait été pendant de longues années l'intendant des vignobles Saint-Vérain.

— Mon Dieu ! s'était exclamée Eléonore. Il a perdu l'esprit. Une seule chose me console : elle a passé l'âge de la maternité.

Tout ceci ne signifiait rien pour Elaine qui, à douze ans, se désintéressait totalement des complications de l'âge adulte. Mais elle n'était pas allée en vacances à Chambourtin cet été-là, sa grand-mère ayant eu une attaque qui l'avait laissée paralysée. On l'avait transportée à l'hôpital où elle était décédée quelques semaines plus tard.

Elaine se trouva brutalement privée d'un foyer. Un cousin de son père, Charles Cooper, la recueillit. Pendant huit ans, elle n'était pas retournée à Chambourtin, mais elle avait continué d'écrire régulièrement à son grand-oncle. Ce n'était pas qu'elle refusât de rendre visite au vieil homme dans son château, mais ses vacances d'été étaient toujours organisées à sa place, et c'était beaucoup plus amusant d'aller randonner avec ses cousins dans les Highlands d'Ecosse, ou faire des croisières dans les îles grecques. En tous les cas, c'était son opinion à l'époque.

Ce ne fut qu'à vingt et un ans, alors qu'elle travaillait dans les bureaux de *Cooper and Downes,* qu'elle avait enfin accepté une invitation pressante de son oncle à retourner à Chambourtin, il y avait de cela un an. Pour la première fois de sa vie, Elaine avait rencontré Yvan Durocher, qui avait repris le rôle de son père comme intendant du vignoble. Elle s'était aussitôt éprise de lui.

La route attaqua une autre colline, et la rivière réapparut, bordée de saules et de bouleaux. Au-dessus des prés et des bois se dressait le château de Chambourtin, petit mais élégant, avec le toit pointu de son unique tour surmonté d'une girouette en cuivre scintillant dans l'après-midi finissant.

— C'est merveilleux ! s'exclama-t-elle involontairement.

Elle éprouvait une attirance spéciale pour cet endroit. Etait-ce parce qu'elle portait en elle un peu de sang des Saint-Vérain ? Pendant des centaines d'années, les Saint-Vérain avaient été propriétaires de ces terres, et les avaient entretenues avec le plus grand soin.

L'automobile ralentit et se rangea dans un espace dégagé, d'où la vue était admirable.

— Si vous trouvez que c'est si merveilleux, pourquoi êtes-vous partie en disant que vous ne reviendriez jamais ? demanda Yvan en coupant le moteur.

— Vous savez bien pourquoi, répondit-elle et elle frissonna malgré la température ambiante.

Maintenant que la voiture était immobile, la chaleur à l'intérieur était intense, et rien n'arrêtait les rayons du soleil à travers le pare-brise.

— Je vous ai écrit pour vous en donner la raison. Je ne peux pas habiter ici si vous y êtes. Je ne peux pas vivre avec vous en tant qu'épouse. Oh, Yvan, pourquoi ne pas admettre la réalité ? Vous et moi n'avons pas la même conception du mariage...

— C'est bien vrai ! l'interrompit-il rudement. Vous, vous l'avez fait sur l'impulsion du moment, parce que vous en aviez envie, parce que le soleil d'été, les roses et

16

le vin vous avaient tourné la tête. Vous pensiez que vous pouviez y mettre fin quelques mois après, si cela ne vous plaisait plus.

— Et vous alors ? Ne vous êtes-vous pas marié par commodité, et parce que vous considériez votre avenir assuré en épousant celle qui hériterait des vignobles de Chambourtin ?

Elle bouillonnait de fureur à l'idée qu'il la taxait d'irresponsable.

— Mais vous vous êtes trompé. Vous vous êtes mis dans la tête que j'étais une de ces épouses placides, contentes de rester à la maison pour mitonner de bons petits plats et épousseter les meubles, pendant que vous... vous, vous cherchiez votre plaisir dans le lit d'une autre femme !

Il avait écouté sa tirade en regardant dehors, mais quand elle s'arrêta pour reprendre son souffle, il se tourna lentement vers elle. Un de ses sourcils se leva dans une moquerie amusée, et ses lèvres esquissèrent une moue ironique.

— Nous y voilà ! dit-il d'une voix traînante. Voici enfin le cœur du problème. Dans vos lettres, vous ne parliez pas d'une autre femme comme raison de me fuir.

— Je ne vous ai pas fui, nia-t-elle faiblement.

— Allons ! Ne jouons pas sur les mots. Vous m'avez quitté, et quand je vous ai écrit pour vous suggérer de revenir, vous avez refusé. J'appelle cela une désertion. Vous serez peut-être assez bonne pour me dire maintenant le nom de cette femme...

Il fit une pause, puis il ajouta en imitant son accent :

— Dans le lit de laquelle j'ai trouvé du plaisir pendant les mois où nous vivions ensemble.

Un rire le secoua, comme s'il trouvait cela du plus haut comique. Incapable de soutenir son regard moqueur, Elaine leva le menton et reporta son regard ailleurs.

— Solange Bourget, dit-elle.

— Et qui vous l'a dit ?

— C'est elle-même.

— Et vous l'avez crue ?

Il paraissait maintenant autant surpris qu'amusé.

— Oh ! arrêtez de vous moquer de moi ! s'emporta-t-elle. Connaissant votre réputation à l'égard des femmes avant notre mariage, je n'ai pas eu de peine à la croire.

Tendue à l'extrême, elle fixait une guêpe qui cherchait désespérément à sortir et se heurtait sans arrêt au pare-brise. Elle sentait à nouveau le froid l'envahir, tandis qu'elle espérait qu'Yvan allait nier sa liaison avec Solange pendant leur mariage. Mais il ne dit rien, et une fois encore elle dut rompre un silence gênant.

— Pouvons-nous nous rendre au château ? demanda-t-elle.

— Pas encore.

Il soupira de lassitude, et elle se tourna vers lui. Son visage avait perdu son air moqueur. Ses grands yeux sombres la considérèrent un moment tristement, puis il saisit son blazer bleu sur le siège arrière, il prit un paquet de cigarettes et rejeta la veste. Il lui en offrit une, mais elle refusa, et le regarda la porter à sa bouche et l'allumer. Comme hypnotisés, ses yeux suivirent le briquet ; ce n'était pas le même que celui qu'il utilisait l'année passée.

— J'ai quelque chose à vous dire, annonça-t-il, après avoir tiré quelques bouffées de sa cigarette. Hier, je suis allé à Paris avec l'intention d'y passer la nuit, et d'aller vous accueillir à l'arrivée de l'avion, pour discuter avec vous d'un sujet important. Ce problème n'est pas encore réglé.

— Vous êtes venu m'accueillir ? Alors, pourquoi n'étiez-vous pas à l'aéroport ?

Son sourire était forcé, un peu triste, comme s'il se moquait de lui-même.

— J'ai passé la nuit avec un vieil ami, et nous avons bu du cognac et évoqué des souvenirs. J'ai abusé de l'alcool et je ne me suis pas réveillé ce matin. Quand je suis arrivé à l'aéroport, votre avion avait atterri et vous étiez déjà partie. Je me suis renseigné au bureau de location, et c'est comme cela que j'ai su que vous aviez loué une Renault rouge. Vous étiez bien au-delà de Paris quand j'ai pu vous rattraper. Vous rouliez trop vite, comme d'habitude.

— Mais, si vous vouliez me parler, pourquoi ne m'avez-vous pas arrêtée ?

Yvan haussa les épaules et fit un geste évasif.

— Vous pourriez aussi me demander pourquoi je me suis enivré hier soir. La réponse aux deux questions serait la même, répondit-il durement.

— Je ne comprends pas.

— Si je vous l'expliquais, cela voudrait dire que je mettrais mon âme à nu, et c'est quelque chose que je ne ferai pour aucune femme, pas même pour vous, ma chère épouse !

— Cessez de m'appeler ainsi ! explosa-t-elle.

— Pourquoi ? Vous êtes encore ma femme. Nous ne sommes pas divorcés, même si nous n'avons pas vécu ensemble pendant presque un an.

Elaine était mal à l'aise, et elle rejeta son épaisse chevelure en arrière. Elle désirait souvent couper ses lourdes tresses, surtout par ce temps chaud, mais elle reculait à chaque fois. Pourquoi ? Parce que cet homme avait dit une fois qu'il aimait les femmes aux cheveux longs.

— C'est donc du divorce que vous voulez discuter ? s'enquit-elle, en essayant de garder un ton froid et distant.

Il passa une main sur son front d'un geste las.

— Il fait trop chaud là-dedans, pour discuter de quoi que ce soit, marmonna-t-il évasivement. Sortons et marchons un peu dans les bois.

Elaine hésita. Marcher dans les bois était quelque chose qu'ils faisaient souvent l'année dernière, et il l'attirait alors à lui et l'obligeait à s'asseoir sur la mousse épaisse. C'était là, sous les feuillages des arbres qu'il l'avait embrassée pour la première fois ; il l'avait douce-ment allongée sur le coussin de mousse, séparant ses lèvres avec les siennes, caressant son corps, très tendre d'abord. Ensuite, quand elle avait répondu avec délices au nouveau plaisir exaltant qu'il lui offrait, ses caresses avaient pris un tour passionné et possessif qui avait éveillé en elle des désirs violents. C'étaient en fait ces moments, où elle avait découvert les joies de la sensua-lité qui lui avaient fait croire qu'elle était amoureuse de lui, et qu'elle devait l'épouser.

La portière s'ouvrit brutalement.

— Vous venez ? demanda-t-il brièvement.

Il ne la regardait même pas. Il était aussi éloigné d'elle qu'un étranger, et il était difficile de croire qu'ils avaient été un jour intimes au point d'atteindre ensem-ble les sommets de la félicité physique.

Elle sortit. Quel soulagement de quitter ce lieu étouffant ! L'ombre pâle des bouleaux était une béné-diction. Rien ne remuait dans l'air parfumé. On n'en-tendait pas un chant d'oiseau, et le bruit de leur pas était assourdi par l'épais tapis de feuilles mortes.

— Vous avez sans doute une idée de l'opinion de votre oncle sur notre séparation, dit Yvan de façon abrupte.

— Oui. Il m'a souvent écrit à ce propos, répondit-elle, raidie.

— Alors, vous savez peut-être aussi qu'il aimerait beaucoup nous voir réconciliés ?

— Oui, je le sais. Votre mère me l'a dit dans sa lettre où elle m'annonçait sa maladie. Dans ma réponse, je lui ai fait comprendre qu'une réconciliation était impos-sible.

— Je suis au courant. Elle m'a fait lire votre lettre. Et c'est pourquoi je devais vous parler avant d'arriver au château. Il ne peut plus lire, et c'est elle qui le fait pour lui. Elle a lu votre lettre, mais au lieu de lui dire que c'était impossible, elle a lu « possible ».

Il marqua une pause, puis ajouta avec un peu d'humeur :

— Il s'imagine maintenant que nous allons nous réconcilier dès cet après-midi, quand nous arriverons.

— Comment a-t-elle osé ? s'exclama Elaine, s'arrêtant soudain. Comment ose-t-elle se mêler de mes affaires ?

Yvan s'arrêta aussi et se tourna vers elle, croisant les bras sur sa poitrine.

— Permettez-moi de remplacer « mes affaires » par « nos affaires », et rappelez-vous qu'une réconciliation entre nous m'implique autant que vous.

C'était un avertissement assez sec.

— Et ma mère « ose », comme vous le dites, parce qu'elle ne peut supporter de le voir bouleversé par votre comportement irresponsable.

La critique blessa sa fierté, mais elle n'allait pas lui laisser la satisfaction de s'en apercevoir. Elle eut un rire moqueur.

— Oh non, répliqua-t-elle. Je suppose qu'elle a plutôt inversé le sens de ma lettre pour arranger vos ambitions.

Dans la pénombre des bois, ce n'était pas facile de voir l'expression de son visage, mais elle crut le sentir un moment stupéfait.

— Ceci est intéressant, murmura-t-il, mais je ne vois pas comment une réconciliation pourrait satisfaire mes ambitions, quelles qu'elles soient.

— Ne me dites pas que vous avez oublié la raison de votre mariage, railla-t-elle, méprisante.

— Non, je n'ai pas oublié, dit-il calmement, mais j'aimerais avoir votre version.

— Vous saviez que j'étais l'héritière de la propriété de mon oncle, et vous saviez que, si je vous épousais, il pouvait changer son testament pour vous faire son beau-fils et cohéritier de Chambourtin avec moi. Il s'ensuit que, si nous ne sommes pas réconciliés, il pourrait à nouveau modifier son testament et me nommer seule héritière.

Il la dévisagea, ébahi, et se frotta le menton d'une main. Puis il haussa les épaules, et une lueur amusée éclaira ses yeux noirs.

— Vous êtes tout à fait persuadée qu'il changera son testament en votre faveur, n'est-ce pas ? ironisa-t-il doucement, et elle sentit un frisson d'appréhension la parcourir.

— Oui, je suis la seule personne vivante qui ait encore du sang des Saint-Vérain dans les veines, et ma grand-mère m'a dit un jour...

— Ah, votre grand-mère, l'interrompit-il, une moue déplaisante au coin de la bouche. J'ai entendu beaucoup de choses sur ses intrigues, et sur sa colère quand elle a appris qu'elle n'héritait rien de Chambourtin — que tout était laissé à son plus jeune frère.

— Ce n'est pas vrai ! Elle n'a jamais intrigué. Elle aimait beaucoup oncle Armand.

— Mais oui, elle l'aimait tellement qu'elle s'était interposée entre lui et la femme qu'il aimait ; elle s'était assurée qu'il ne se marierait pas et qu'il n'aurait pas d'enfant, pour que son propre fils — votre père — hérite à sa place. Mais ses plans furent déjoués quand votre père se tua. Elle s'occupa alors de votre éducation, vous amena ici chaque été, et vous poussa à vous insinuer dans les bonnes grâces de votre grand-oncle pour que...

— Il n'en a jamais été question, cria-t-elle, et ma grand-mère n'était pas ainsi. Oh, comme vous êtes cynique et immonde !

— Ah, je suis cynique et immonde parce que je vous expose une partie de la vérité ? railla-t-il. Mais ce n'est pas fini. Quand vous avez fui il y a neuf mois, parce que vous avez décidé que vous n'aimiez pas le mariage, vous n'avez jamais réfléchi à l'idée que votre grand-oncle se faisait de votre conduite, n'est-ce pas ? Vous ne lui avez pas accordé une pensée. Vous avez oublié qu'il est traditionaliste dans ses convictions, et que pour lui, le mariage est un lien sacré entre deux personnes, qu'aucun être humain ne peut briser. S'il n'avait pas cru cela toute sa vie, il aurait tenté de rompre le mariage de mes parents depuis des années.

Il reprit son souffle et attendit, espérant qu'elle allait faire quelque réflexion, mais elle était trop abasourdie par ce qu'elle entendait sur des gens qu'elle avait connus toute sa vie pour dire quoi que ce soit.

— Je pense qu'à sa façon, votre oncle a essayé de sauver notre mariage en vous écrivant et en vous offrant ses conseils, continua-t-il plus calmement. Mais vous avez cru bon de rejeter son conseil et vous l'avez blessé. Je suppose que vous en êtes pas consciente, mais quelquefois les vieilles personnes acceptent mal qu'on leur manque d'égards. Elles se retournent alors contre celui qui les a blessées. Vous pourriez avoir raison. Il va peut-être modifier son testament, mais pas en votre faveur. Il est tout à fait possible qu'il le change à mon avantage.

Sa bouche se tordit à nouveau en un sourire sardonique.

— Si vous considérez les choses sous cet angle, vous verrez que ma mère ne cherche pas à satisfaire mes ambitions. En bref, il est possible que j'obtienne plus si nous ne sommes pas réconciliés.

Rendue muette par ce qu'il venait de lui expliquer, Elaine était clouée sur place et le regardait, ébahie. Grand et sombre, il lui apparaissait comme un esprit du mal envoyé pour la punir d'avoir mal agi ainsi. Si elle refusait de mettre fin à leur séparation, elle perdrait son héritage.

Il s'avança vers elle et tendit ses mains en signe de conciliation.

— Maintenant que vous êtes ici, je pensais que nous pourrions trouver un arrangement, dit-il gentiment.

— Non, non, je ne peux pas, je ne veux pas, cria-t-elle, affolée à l'idée qu'il puisse s'approcher et la toucher.

23

Elle pivota sur elle-même et se mit à courir vers la voiture. Elle savait qu'il avait laissé les clés : si elle l'atteignait avant qu'il ne la rattrape, elle pourrait fuir jusqu'au village. Mais ses sandales la gênèrent pour courir et elle s'étala de tout son long dans l'herbe, heurtant son genou violemment sur une racine pointue. Elle projeta ses mains en avant pour amortir sa chute.

Le souffle coupé, elle essaya de se relever, quand elle sentit une main lui agripper le bras et la remettre sur ses pieds. Elle tenta de se libérer, en vain.

— Lâchez-moi ! hoqueta-t-elle, mais la main se resserra, la meurtrissant.

Elle s'efforça désespérément de lui faire lâcher prise, se débattit de toutes ses forces, sa chevelure complètement défaite. Yvan la tira violemment par le bras, et la douleur irradia son épaule, tandis qu'elle se retrouvait projetée contre son corps. De son autre main, il lui emprisonna le bras gauche, et, maintenue ainsi contre sa poitrine, elle ne put que le fusiller du regard à travers ses mèches blondes.

— Il est temps pour vous de ne plus fuir vos responsabilités, petite lâche égoïste ! grinça-t-il. Depuis que ma mère a annoncé à votre oncle notre réconciliation imminente, son état mental s'est amélioré. Il est impatient de vous voir. Si vous entrez dans sa chambre en lui disant qu'une telle issue est impossible, il va rechuter et cela risque d'accélérer sa fin. C'est pourquoi je voulais vous avertir avant votre arrivée.

— Oh, ne prenez pas la peine de m'expliquer, dit-elle, la voix basse, furieuse, je sais ce que vous allez me dire. Mais je ne suis pas venue ici pour me réconcilier. Je veux un divorce, et rien, pas même la menace d'être rayée de son testament, ne me fera changer d'avis.

Elle prit une grande inspiration et s'écria :

— Vous ne voyez donc pas que je vous hais ?

— Je vois que je suscite chez vous des sentiments violents, et je suppose que c'est préférable à l'indifférence, se moqua-t-il. Mais je n'avais pas l'intention de vous faire changer d'opinion sur mon compte.

Elaine avala nerveusement sa salive, rejeta ses cheveux en arrière, et elle essaya encore sans succès de s'arracher à son emprise. La chaleur de son corps commençait à la pénétrer à travers l'épaisseur de leurs vêtements, et elle reconnaissait l'odeur de sa peau bronzée. Les mains d'Yvan se déplacèrent légèrement sur ses bras nus et leur contact rude sur la douceur de sa peau éveilla ses sens. Elle désirait le toucher, glisser ses doigts dans l'ouverture de sa chemise et caresser sa poitrine tiède, la ligne tendue de sa gorge, et soulever la passion qui sommeillait sous sa calme apparence.

— Qu'alliez-vous me suggérer alors? murmura-t-elle.

Elle tourna sa tête de l'autre côté et se raidit contre la tentation.

— De simuler une réconciliation, répondit-il froidement.

— Simuler? cria-t-elle presque.

Elle était choquée et le montra par son exclamation sonore et par le regard ébahi qu'elle lui jeta.

— Oui. Nous pourrions le faire quelque temps pour alléger les derniers jours d'un vieil homme qui a fait de son mieux pour nous deux, qui vous a aimée et traitée comme si vous étiez sa fille.

Soudain il la relâcha tout aussi brusquement. Il recula d'un pas et tendit ses deux mains comme s'il lui offrait un présent:

— C'est à vous de choisir. Est-ce trop vous demander de faire cela pour Armand? Pouvez-vous vous abstraire un moment de vos sentiments pour prendre les siens en considération?

A nouveau libre, Elaine ne chercha pas à s'échapper. Elle se frotta le bras au-dessus du coude pour atténuer la douleur provoquée par l'étau de ses doigts. Elle n'était pas égoïste, ou du moins pas de façon délibérée; elle avait toujours aimé son oncle Armand, si bon et si délicat. C'était lui qui lui avait fait apprécier l'art et la musique, et qui lui avait raconté l'histoire fascinante de cette région de France gouvernée autrefois par une duchesse devenue reine d'Angleterre, Aliénor d'Aquitaine.

Son premier mouvement fut d'accepter la proposition d'Yvan, de lui tendre la main et de lui dire :

— Allons-y et montrons à oncle Armand que nous sommes réunis.

Mais tout récemment, son impulsivité lui avait encore valu des ennuis, et elle hésita, scrutant son visage afin de deviner ses sentiments. Son profil était sombre et impassible. Il y avait peut-être un peu de lassitude dans son expression, tandis qu'il attendait sa réponse. Pourquoi une telle suggestion ? se demanda-t-elle. En quoi cela pouvait-il l'avantager d'être réconcilié avec son épouse ? Lui connaissant une nature essentiellement pratique, ses motivations ne pouvaient être entièrement désintéressées. Et si c'était vrai que son oncle voulût modifier son testament pour avantager Yvan en cas de non-réconciliation, cela ne lui apportait plus rien... sinon que le testament resterait tel qu'il était actuellement. Il serait cohéritier avec elle ; ils devraient partager Chambourtin, comme ils avaient autrefois partagé le même lit.

— Non, dit-elle, et sa voix résonna, claire, dans le silence des bois. C'est trop me demander. Je ne peux pas.

A peine avait-elle prononcé ces mots qu'elle se sentit submergée de honte, parce qu'elle ne pouvait pas faire abstraction de ses propres sentiments pour faciliter ses derniers jours au vieil homme. Elle sentit le rouge lui monter au joues et les cacha dans ses mains pour se protéger du mépris qui étincelait dans les yeux sombres d'Yvan.

Des secondes interminables s'écoulèrent dans un silence total. Elle entendit Yvan remuer, et son corps se raidit, attendant sa colère, mais il haussa simplement les épaules et s'éloigna.

— Eh bien, il n'y a plus rien à dire, laissa-t-il tomber, indifférent. Allons-nous à la maison ? Ou préférez-vous retourner au village, maintenant que vous savez ce qui vous attend ? Vous pourrez retrouver votre voiture chez Marcel, pour fuir une fois de plus vos responsabilités et repartir en Angleterre.

Le dégoût déformait sa voix. Toujours prête à se méfier de lui, elle fut prise d'un nouveau soupçon. Etait-il possible qu'il ne souhaitât pas sa venue au château ? Espérait-il qu'elle allait à nouveau s'enfuir ? Cela pouvait très bien lui convenir.

— Je vais au château ! Après tout, j'ai promis de venir, répliqua-t-elle, et il haussa encore les épaules, en apparence indifférent à ce qu'elle pouvait bien décider.

— Allons-y donc ! murmura-t-il et il prit le chemin du retour.

2

Encore sous le coup de l'indifférence d'Yvan devant son refus d'une réconciliation, Elaine le suivit le long du sentier qui serpentait dans les bois. En sortant de l'ombre des arbres, elle s'approcha de la voiture, et elle fut horrifiée par son propre reflet à travers les vitres. Ce n'était pas possible d'arriver au château dans un tel état. Ses bas avaient été déchirés lors de sa chute, et ses cheveux étaient dans le plus grand désordre.

Yvan contournait la voiture, et Elaine, après s'être assurée qu'aucun véhicule n'était en vue, fit descendre prestement ses bas le long de ses jambes. Il faisait trop chaud, de toute façon, pour garder des bas, se dit-elle en remettant ses sandales.

— Vous êtes prête maintenant ?

Yvan avait l'air amusé, et elle s'aperçut qu'il l'avait observée par-dessus le toit de la voiture.

— Je le serai quand je me serai recoiffée, répliqua-t-elle.

— Vous pourrez le faire en route. Nous sommes déjà en retard, et ma mère va s'imaginer que nous avons eu un accident.

Elle fut tentée de répondre que ce n'était pas sa faute, et qu'elle se moquait bien de l'inquiétude de sa mère. Mais quand elle vit son visage impassible tandis qu'il ouvrait la portière de la voiture, elle pensa que c'était inutile de perdre son temps et son énergie en de vaines discussions.

De toute façon, il en avait toujours été ainsi, se dit-elle dans son for intérieur. Elle se souvenait des quelques fois où elle s'était mise en colère l'année passée. Il n'avait jamais réagi et l'avait laissée déverser sa rancune et son dépit. Quand elle s'arrêtait hors d'haleine, il prononçait quelques mots calmes et raisonnables à propos de tout autre chose, sans chercher à se défendre ou à attaquer, et il lui faisait sentir que c'était beaucoup de bruit pour pas grand-chose.

D'une certaine façon, cette capacité de tendre l'autre joue et de refuser d'entrer dans une querelle lui faisait un peu peur.

La voiture repartit, et elle sortit un miroir de son sac pour examiner son apparence. Seigneur ! Elle avait l'air d'une folle ! Ses cheveux épais et naturellement ondulés s'étaient emmêlés en mèches qui se dressaient sur sa tête après sa lutte avec Yvan. Ses yeux flambaient encore de colère, son nez brillait et, sans rouge à lèvres, sa bouche paraissait sèche. Elle ne pouvait se présenter dans cet état devant Marguerite Saint-Vérain, si méticuleuse ; et elle sortit son attirail : peigne, poudrier et bâton de rouge.

Lorsque la voiture passa sous le porche entre les chais, deux longs bâtiments de pierre où l'on conservait autrefois le cognac, Elaine avait retrouvé un visage plus serein.

Les pétunias mauves, les capucines orangées, et les géraniums écarlates débordaient des jardinières des fenêtres et des poteries suspendues, mis en valeur par la vigne vierge d'un vert profond qui envahissait les murs de la vieille demeure.

En sortant de l'automobile, Elaine respira les riches senteurs des roses et du vin mélangées, un parfum qu'elle avait toujours associé à ses séjours au château.

Pendant quelques instants, elle resta immobile à contempler l'habitation. Elle formait un angle droit, et, à la jonction des deux ailes, se dressait la tour carrée, plus haute d'un étage que le reste de la bâtisse. Tandis qu'elle hésitait, une grande porte voûtée s'ouvrit au pied de la tour, et un homme aux cheveux gris s'avança vers elle, son large visage fendu en un sourire. C'était Jacques, maître d'hôtel au château depuis de nombreuses années.

— Bonjour, Madame ! la salua-t-il. Vous êtes la bienvenue. Nous commencions à nous inquiéter. Laissez-moi porter ceci, Monsieur !

Il prit la valise des mains d'Yvan.

— Je vais la monter dans votre chambre, Madame ! Mme Saint-Vérain est au salon et m'a demandé de vous y envoyer dès votre arrivée.

En entrant dans le grand vestibule carré, au sol carrelé et aux parois garnies de tapisseries anciennes, Elaine se sentit transportée dans un autre monde, comme si les épais murs de pierre, qui empêchaient la chaleur de pénétrer, repoussaient aussi l'agitation des temps modernes. Elle traversa un corridor aux boiseries peintes en bleu pâle. Des portes-fenêtres s'ouvraient sur la cour, éclairant la longueur du couloir.

Elaine ouvrit une porte délicatement travaillée, et entra dans une longue pièce où trois grandes portes-fenêtres donnaient sur une terrasse en pierre. Celle-ci se prolongeait sur toute la longueur du bâtiment et dominait une grande pelouse chatoyante qui descendait jusqu'à la rivière.

Une femme mince et gracieuse, aux cheveux blancs serrés en chignon sur le sommet de sa tête, se détourna d'une fenêtre quand elle entendit entrer Elaine. Elle vint à sa rencontre. Elle était vêtue d'une robe sans manches bleu marine, très simple.

— Ah, Elaine, vous voilà enfin, chérie ! dit-elle.

Ses bras minces l'entourèrent, et Elaine sentit les larmes lui monter aux yeux. Marguerite l'avait toujours accueillie de cette façon, avec chaleur et sans préjugés.

Puis Marguerite la tint à bout de bras pour l'examiner

tout à loisir de ses beaux yeux du même bleu sombre que ceux d'Yvan.

— Comme vous êtes maigre et pâle ! s'exclama Marguerite. Vous avez l'air si fatiguée ! Mais nous allons changer tout cela avec notre bonne nourriture et notre vin. Il était temps que vous reveniez à la maison, chérie, pour respirer notre bon air et prendre le soleil de la Charente. Vous nous avez manqué.

Son regard se dirigea vers Yvan qui se tenait juste derrière Elaine, son blazer rejeté sur l'épaule.

— Tu lui as parlé ? lui demanda Marguerite.

— Oui, nous avons parlé, répondit-il froidement.

— Et... ?

Les yeux de Marguerite allaient de l'un à l'autre, inquisiteurs.

— Et Elaine est aussi contradictoire que jamais, répliqua-t-il, moqueur. Excusez-moi, s'il vous plaît.

Il quitta la pièce.

— Attends, Yvan ! appela sa mère. Armand voudrait vous voir ensemble, toi et Elaine. Il se réveillera probablement vers cinq heures et demie. Rappelle-toi l'heure pour venir dans sa chambre à ce moment-là.

Il fit un signe de tête et sortit. Marguerite, d'un coup d'œil, fit le tour du mobilier élégant et raffiné et haussa les épaules.

— C'est un peu trop guindé ici pour prendre le thé, n'est-ce pas ? Allons dans le bureau.

Elles regagnèrent le vestibule et entrèrent dans une pièce plus petite. Elaine savait par ses souvenirs du passé, que c'était l'endroit le plus confortable de la maison. Des étagères de livres s'alignaient le long des murs et de grands fauteuils de cuir occupaient tout l'espace. C'était là qu'Armand Saint-Vérain avait rassemblé tous les petits trésors personnels rapportés de ses voyages.

Elle contemplait les boiseries sombres, les aquarelles dans leur cadre, peintes par Armand dans sa jeunesse, et elle éprouvait la sensation d'être enfin chez elle.

Elle s'assit sur le même tabouret garni de tapisserie, sur lequel elle s'asseyait toujours autrefois, et observa une jeune servante poser le plateau du thé sur la table sculptée rapportée des Indes. En partant, la jeune fille jeta un regard rapide, presque furtif, vers Elaine.

— Marie, voici Mme Durocher, dit Marguerite, un peu raide, et la jeune fille fit un timide signe de tête. Vous savez où est sa chambre. Voulez-vous aller défaire sa valise, s'il vous plaît, et suspendre ses vêtements ?

— Oui, Madame.

La jeune fille quitta la pièce. Marguerite souleva le couvercle de la théière en argent, y jeta un coup d'œil et hocha la tête d'un air critique.

— Espérons qu'elle a fait bouillir l'eau, commenta-t-elle. C'est difficile de trouver des domestiques qui acceptent de loger ici, maintenant. J'ai engagé Marie parce qu'elle est la fille d'un des vignerons, et qu'elle est un peu retardée, comprenez-vous ? Sa mémoire est une véritable passoire. Je ne crois pas que nous ayons fait du thé depuis votre départ, mais je sais que vous l'aimez à cette heure-ci comme votre grand-mère. Voulez-vous du lait ?

— Oui, s'il vous plaît.

Marguerite servit le chaud breuvage doré dans les tasses de Limoges.

— Dites-moi ce que vous avez fait à Londres, dit-elle soudain, comme si le silence la gênait.

— Je préférerais que vous me parliez d'oncle Armand, répondit Elaine. Yvan me dit que son état s'est un peu amélioré.

— Oui, c'est exact, il est moins déprimé. Vous auriez dû voir son visage s'illuminer, lorsque je lui ai lu la lettre annonçant votre arrivée et votre espoir de réconciliation avec Yvan. Cette nouvelle l'a transformé. Voyez-vous, il s'est beaucoup inquiété : il pense qu'il aurait peut-être dû intervenir et retarder votre mariage, ou insister pour de longues fiançailles, afin de vous habituer l'un à l'autre. Il se sent responsable de votre départ.

— Oh, mais il n'aurait pas dû s'inquiéter ! Cela n'avait rien à voir avec lui, protesta Elaine rapidement.

— Vous lui direz cela vous-même, dit Marguerite en lui tendant sa tasse, cela le soulagera encore plus. Je vous emmènerai le voir quand vous aurez pris votre thé, et que vous aurez pu vous rafraîchir un peu. Yvan viendra avec nous, et quand Armand vous verra ensemble, il saura que tout est pardonné.

Marguerite l'enveloppa d'un regard pénétrant :

— Vous ne me laisserez pas tomber, chérie, n'est-ce pas ? Son bonheur repose tellement sur l'idée qu'il se fait de votre vie ici quand il sera parti. Et c'est important qu'un homme aussi doux et bon qu'Armand meure en paix, ne pensez-vous pas ?

— Oui, bien sûr. Mais Yvan et moi ne sommes pas...

— Oh, je sais que vous avez vos problèmes d'entente, tous les deux. Mon Dieu, quel est le mariage qui n'a pas ces difficultés-là les premières années ?

Marguerite continua de parler, balayant les objections d'Elaine.

— Surtout quand les conjoints arrivent de milieux différents, comme c'est votre cas. J'ai vécu un peu la même chose, moi-même. Mon premier mari, Jean, était de souche paysanne. Son existence tout entière avait été liée à la terre. Il était simple dans ses goûts et ses habitudes, et fort comme le roc dont il portait le nom, alors que moi-même je suis d'origine bourgeoise. Mon père était professeur et la famille de ma mère était commerçante. Désirez-vous encore du thé ? Un gâteau ? Je vous en prie, mangez donc, vous n'avez que la peau sur les os. Vous avez dû vous laisser mourir de faim à Londres !

— Non, merci.

Elaine posa sa tasse.

— Madame... tante Marguerite... oh, je ne sais jamais comment vous appeler.

— Je préfère « tante » ; depuis que vous veniez ici

toute petite, je me suis toujours considérée comme votre tante. Qu'avez-vous donc à me dire ?

— Vous vous êtes trompée en lisant ma lettre à oncle Armand.

— Non ?

Ses yeux sombres s'élargirent, et ses sourcils s'arquèrent, interrogatifs.

— Me suis-je trompée d'heure d'arrivée ? L'avion atterrissait plus tard ? C'est peut-être la raison de votre retard ?

Les mains maigres aux longs doigts effilés, aux rides et aux veines marquées par l'âge, avaient encore des mouvements gracieux pour s'excuser :

— Mon Dieu ! Je me suis inquiétée de ne pas vous voir arriver. Quelles terribles pensées je forme dans ces cas-là ! J'imaginais qu'Yvan avait bu trop de vin, et qu'il avait eu un accident, que vous étiez blessée. Je me voyais obligée de dire à Armand que vous ne viendriez pas, et je sentais déjà l'espoir fuir son regard. Mais je m'inquiète toujours beaucoup quand quelqu'un est en retard en voiture.

— Non, ce n'est pas cela. L'avion était à l'heure. Mais Yvan n'était pas là. Nous nous sommes ratés ; j'ai loué une voiture et je suis venue seule. J'étais presque arrivée lorsqu'il m'a rattrapée.

— Mais alors, où est votre voiture ? Je vous ai vu sortir de la sienne, du haut du premier étage.

Elaine avala sa salive.

— Il y a eu un incident, sans importance. L'auto est tombée dans un fossé.

— Ah, je le savais, je l'avais deviné ! Vous conduisez trop vite. Non, ne niez pas ! Vous êtes une étourdie. Vous êtes toujours pressée. C'est donc la raison de votre retard ?

— Pas vraiment ! Nous nous sommes arrêtés dans les bois pour parler et...

— Ah oui ! fit Marguerite en se levant. Vous deviez avoir beaucoup à vous dire après tant de mois de séparation. Je comprends. Mais vous voilà revenue maintenant ! Je dois aller prévenir Armand que vous êtes là, pendant que vous ferez un peu de toilette, et changerez de robe. Je vous ai mise dans l'appartement de la tour. Armand, bien entendu, est dans sa chambre habituelle ; je vous y retrouverai dans une demi-heure.

Elle quitta le bureau, et Elaine dut admettre à contrecœur qu'elle avait été très habilement manipulée : elle n'avait pas pu dire à Marguerite qu'elle ne voulait pas de réconciliation. La raison en était manifeste. Rien ne pouvait faire plus plaisir à Marguerite que la réunion d'Elaine et de son mari, et Armand avait été délibérément trompé ; maintenant elle faisait tout son possible pour que son mensonge devienne réalité, ou du moins apparaisse comme telle.

En montant à sa chambre, Elaine sentit la honte lui brûler les joues. En comparaison du dévouement sincère de Marguerite au bien-être d'Armand, son propre refus lui semblait mesquin et dénué de fondement. Ce n'était pas surprenant qu'Yvan la taxât d'égoïste. Quel mal pouvait-il y avoir à simuler une réconciliation ? Pourquoi insister auprès de Marguerite pour lui faire admettre son erreur ? Pourquoi ne pas l'aider à rendre heureux les derniers jours d'Armand ? Ce serait un moyen de prouver une fois pour toutes à Yvan qu'elle n'était ni égoïste ni lâche.

Arrivée en haut, elle traversa un petit palier et ouvrit la porte de sa chambre. Les boiseries y étaient peintes en vert pâle, et sur ce fond de couleur tendre, le mobilier de style colonial en hêtre luisait d'un doux reflet doré. Sur le grand lit s'étalait un joli édredon en patchwork, aux teintes dominantes de vert et d'or, confectionné par Marguerite elle-même.

Elle s'approcha de la fenêtre et repoussa les volets que l'on avait tirés pour protéger la pièce de la chaleur de l'après-midi. Il était maintenant cinq heures, et le soleil était passé derrière l'angle de la tour, si bien que la chambre était à l'ombre.

Elle s'attarda un moment à la fenêtre à contempler les rangées de vigne sur les coteaux en terrasses. Puis, revenue à la réalité, elle se dirigea vers un grand placard qui occupait tout un pan de mur. Marie avait bien fait son travail. Les quelques vêtements qu'Elaine avait apportés étaient suspendus sur des cintres, et les chaussures alignées par terre.

La jeune femme, mue par une intuition, ouvrit l'autre moitié du placard et éprouva un accès d'irritation. Les vêtements d'Yvan étaient rangés là : un costume sombre, un pantalon de travail en jean et quelques chemises. En dessous, se trouvaient deux paires de chaussures et des bottes.

Elle se tourna vers la commode. Il y avait dessus ses affaires personnelles : une brosse à cheveux à dos d'argent, un coffret en bois fait à la main, où il rangeait de menus objets, et un demi-paquet de cigarettes. Dans le tiroir du haut, elle vit des sous-vêtements et des chaussettes.

Elle repoussa brutalement le tiroir. Il n'était pas question de feindre la réconciliation au point de partager sa chambre ! C'était trop dangereux. Dès qu'elle verrait Yvan, elle l'en informerait.

Elaine retira sa robe et la suspendit dans la penderie. Elle sortit sa trousse de toilette et entra dans la petite salle de bains. Elle se lava rapidement et se poudra abondamment de talc parfumé, puis revint dans la chambre.

Elle s'arrêta net dans l'embrasure de la porte en apercevant Yvan dans la chambre, occupé à retirer sa chemise par-dessus sa tête. Puis il la jeta dans le panier à linge derrière la coiffeuse, et eut un sursaut d'étonnement en la découvrant seulement vêtue de son soutien-gorge et de son slip.

— Eh bien, quelle surprise ! railla-t-il.

— Une agréable surprise, ajouta-t-il, en mettant ses poings sur ses hanches et en la détaillant insolemment des pieds à la tête. Je ne vous attendais pas si tôt dans cette chambre.

La peau de sa poitrine et de ses larges épaules était tannée par le soleil à cause des heures passées dehors, torse nu. Son apparence la fascinait, tout autant qu'elle-même semblait impressionner Yvan dans sa demi-nudité ; et elle dut se forcer à regarder ailleurs, n'importe où plutôt que de voir son corps puissant d'une troublante beauté.

— Votre mère m'a dit de m'installer ici. Jacques avait monté ma valise, et la domestique a mis mes vêtements dans le placard. Je... je ne savais pas que vous couchiez encore dans cette chambre.

Elaine s'aperçut qu'elle butait sur les mots ; elle serra les lèvres, releva le menton, et tapa de son pied nu sur le tapis quand elle perçut la grimace de scepticisme au coin de ses lèvres.

— C'est vrai ! Je refuse de faire chambre commune.

— Puis-je vous suggérer alors d'en parler à ma mère ? Elle vous préparera sans doute une autre chambre, répliqua-t-il froidement.

Il passa devant elle, entra dans la salle de bains et ferma la porte.

Un moment, Elaine resta immobile ; sa colère s'atténua. Elle comprenait que, si elle demandait à Marguerite une autre chambre, cela impliquait qu'aucune réconciliation n'avait eu lieu entre eux. D'autre part, le reste de la maisonnée serait aussitôt averti qu'Yvan et elle étaient toujours en désaccord. Oncle Armand l'apprendrait fatalement, et tous les efforts de Marguerite pour améliorer son état seraient réduits à néant.

Abîmée dans ses réflexions, elle changea rapidement de vêtements, enfila une autre robe, blanche aux lisérés marron, se coiffa et se remaquilla. Elle se penchait en avant vers le miroir pour étaler un rouge brillant sur ses lèvres quand la porte de la salle de bains se rouvrit, et Yvan reparut.

— Encore là ? remarqua-t-il, railleur, en ouvrant l'autre côté de la penderie.

Elle se retourna et s'appuya sur la coiffeuse.

— Yvan... il faut que je vous dise... j'ai changé d'avis, dit-elle, incertaine.

— Encore ? se moqua-t-il. Vous êtes une vraie girouette ! Quelle est cette nouvelle idée ? Est-ce sur moi que vous avez changé d'avis ?

— Non, non.

Elle se mordit la lèvre inférieure. Il ne fallait pas qu'elle se laisse démonter par ses sarcasmes. Elle devait essayer de ne pas réagir.

— J'ai décidé d'accepter votre suggestion et de feindre une réconciliation.

Il avait sorti une chemise propre de couleur beige. Ses yeux se rétrécirent, soupçonneux.

— Alors, fit-il de sa voix traînante où perçait la dérision, vous ne supportez pas l'idée d'être rayée de son testament, hein ?

— Cela n'a rien à voir, explosa-t-elle. Après avoir parlé avec votre mère, j'ai compris que le mieux était de faire semblant. Je le fais pour le bien de mon oncle, et non pour une autre raison, entendez-vous ?

— Oui, j'entends ! murmura-t-il en enfilant une manche de sa chemise. Vous allez devoir rester plus longtemps que vous ne l'aviez prévu.

Elaine n'y avait pas songé. Avec son impulsivité coutumière, elle avait pris une décision rapide sans réfléchir aux conséquences.

— Seulement le temps nécessaire, répondit-elle évasivement.

— Cela peut durer des semaines, et même des mois, remarqua-t-il calmement, en boutonnant sa chemise. Votre présence ici, la conviction que nous sommes réunis tous les deux, peut lui redonner goût à la vie. J'espère que vous en êtes consciente et que vous acceptez d'en payer le prix.

— Quel prix ? demanda-t-elle.

Il alla à la commode, ouvrit un tiroir et prit une cravate avant de répondre. Puis il s'approcha d'elle et se regarda dans la glace pour nouer sa cravate bleu clair. Les mouvements de ses grandes mains, sa mâchoire serrée tandis qu'il arrangeait son col, tout lui rappelait d'autres moments où elle l'avait vu s'habiller dans cette même pièce, et elle s'éloigna vers la fenêtre pour conjurer le charme des souvenirs.

— Le prix ? Jouer les femmes amoureuses, bien entendu, répliqua Yvan, moqueur.

Il brossait maintenant ses cheveux et les rejetait en arrière.

— Nous n'aurons à simuler qu'en présence d'oncle Armand, dit-elle, l'air déterminé, et elle reprit sa contemplation de la cour.

Ces discussions sur leurs relations dans cette chambre la contrariaient profondément. Consciente de la sensualité qui émanait de son compagnon, la jeune femme savait qu'elle n'y resterait pas longtemps insensible...

— Je ne suis pas d'accord, affirma-t-il doucement en enfilant son blazer bleu marine et en s'approchant d'elle. Jacques est curieux de nature, et il racontera tout ce qu'il verra à Berthe, sa femme. La petite servante, Marie, n'est pas aussi sotte qu'elle en a l'air, et son père travaille dans les vignobles. Nous devrons être très prudents si nous voulons qu'Armand ne se doute de rien. Croyez-vous pouvoir supporter la tension créée par cette situation pendant une semaine, ou pire, un mois ? Je dois vous avertir que ce n'est qu'ici, dans l'intimité de notre chambre, que vous pourrez vous laissez aller, et me jeter à la face vos sentiments réels.

Il rit doucement.

— Oh mais, j'oubliais ! Vous ne souhaitez pas partager votre chambre avec moi. Vous voyez, vous voulez déjà créer des difficultés en exigeant de dormir seule. Si seulement vous étiez un peu moins puritaine, nous pourrions nous arranger de ce semblant de réconciliation, et profiter du contact étroit dans lequel elle nous place.

Tout en parlant, il glissa un bras autour de sa taille et la fit pivoter vers lui. Son regard s'abaissa vers sa bouche ; il inclina la tête mais elle leva la main pour le gifler. Elle n'eut pas le temps de l'atteindre, car il saisit son poignet fin entre ses doigts et la força à baisser la main.

— Mon Dieu, quel caractère ! ironisa-t-il. Il faudra vous contrôler si vous voulez que nous réussissions.

— Et vous, vous devez arrêter de me tourmenter et trouver un autre lit, d'accord ?

Elle contre-attaquait tout en libérant sa main, et s'éloigna vers la porte.

— Pourquoi diable chercherais-je à vous tourmenter ? A quoi cela me servirait-il ? s'enquit-il.

Elle lui fit face :

— Vous voulez me faire peur. Vous préférez que je parte plutôt que de feindre pour qu'oncle Armand me raye de son testament, l'accusa-t-elle. Vous m'avez dit, rappelez-vous, que cette solution n'arrangeait pas vos projets. Mais je ne pars pas encore. Je reste quelques jours... seulement... je ne peux pas coucher avec vous... Oh, Yvan, essayez de comprendre. Je ne peux pas faire cela avec quelqu'un... que je n'aime pas.

Pendant quelques secondes de silence, il la dévisagea, et elle eut l'impression qu'il avait brusquement pâli. Puis il haussa les épaules et alla fermer la porte de la salle de bains.

— Vous avez des notions très étranges, murmura-t-il en revenant vers elle. Mais vous pourrez dormir seule dans cette chambre. Je coucherai dans la nursery.

— La nursery ? répéta-t-elle, surprise.

— Vous savez bien, l'autre chambre de cet étage, où vous couchiez étant enfant... où notre enfant aurait pu dormir bientôt, si vous n'aviez pas fui, l'an passé. De cette façon, personne ne sera au courant de nos habitudes pendant votre séjour. Cela vous convient-il ?

Elaine acquiesça, détournant son regard pour qu'il ne vît pas son expression. Sa remarque sur un enfant, « leur » enfant, l'avait touchée au vif et blessée beaucoup plus que toutes ses railleries.

— Eh bien, c'est décidé, conclut-il, pratique. Allons voir votre oncle, maintenant. Essayez de paraître moins irritée contre moi, petite, murmura-t-il comme elle passait devant lui, sinon, il devinera la vérité. Pensez que vous le faites pour qu'il ne change pas son testament à mon profit. Cela devrait vous réconforter.

Armand Saint-Vérain gisait dans un grand lit à baldaquin, face à deux hautes fenêtres qui ouvraient sur la rivière. Jusqu'à cet instant-là, Elaine n'avait encore jamais vu une personne gravement malade ou mourante. Quand sa grand-mère avait été transportée à l'hôpital, elle n'était pas allée la voir ; son cousin Charles avait décidé qu'elle était trop jeune.

Les mains et le visage émaciés de son grand-oncle, ainsi que le murmure de sa voix rauque, la bouleversèrent. Il était impossible de ne pas le rassurer, et elle allait lui confirmer qu'il n'était pas le moins du monde responsable de sa fuite.

— Maintenant que tu es revenue, tu vas rester avec Yvan, chuchota-t-il aussitôt.

Il souleva sa tête aux cheveux blancs épars, et ses yeux presque aveugles se tournèrent dans sa direction.

— Je n'approuve pas les mariages modernes. Une femme doit suivre son mari, et un mari doit rester avec sa femme. Je veux t'entendre dire que tu vas rester avec lui et ne plus jamais t'enfuir.

Elaine se sentit mal à l'aise. Ses yeux croisèrent de l'autre côté du lit ceux de Marguerite, qui la fixaient avec une expression implorante. Elle prononça à voix basse en regardant son grand-oncle :

— Je resterai avec Yvan et ne m'enfuirai plus jamais, mon oncle.

Elle était récompensée, pensa-t-elle, en voyant ses yeux s'éclairer de soulagement, et elle resta assise un long moment, sa main dans la sienne, attentive à son discours décousu, qui décrivait des incidents passés de sa vie. Tandis qu'elle l'écoutait, elle s'aperçut qu'Yvan avait quitté la pièce, et que seule Marguerite était là près d'une fenêtre, ses mains occupées à quelque broderie. Le soleil déclinait à l'horizon, et les ombres s'allongeaient sur la campagne.

Enfin Armand s'endormit. Elaine retira sa main et quitta la chambre avec Marguerite. La garde du vieil homme fut confiée à une infirmière qui passait la nuit à son chevet. Elles descendirent à la salle à manger. Les bougies dans les chandeliers d'argent faisaient étinceler les couverts sur la nappe blanche.

Yvan les rejoignit pour dîner ; on leur servit un plat régional, de l'oie rôtie avec oignons, ail et tomates. Il fut suivi par l'un des desserts préférés d'Elaine, un délice au citron qui fondait dans la bouche. Le repas, accompagné d'un vin blanc du pays, était servi par Jacques. Elaine, qui n'avait pas faim en se mettant à table, mangea cependant de bon appétit et but deux verres de vin.

Pendant tout le repas, Marguerite entretint la conversation sur le temps et la santé d'Armand. Yvan parla peu, mais il n'avait jamais été prolixe aux repas, se disait Elaine en le comparant à sa mère, si animée. Elle pensa qu'il ressemblait plus à son père qu'à Marguerite. Seuls la couleur de ses yeux, le tracé délicat de son visage et la grâce de ses longues mains tenaient de sa mère.

Quand le repas fut terminé, Marguerite s'excusa et prétexta la fatigue pour se retirer. Elle voulait se reposer pour le cas où Armand la demanderait pendant la nuit.

— Votre arrivée l'a soulagé, c'est certain, mais elle l'a aussi excité, dit-elle à Elaine, et je crains qu'il ne passe une nuit agitée.

— Puis-je aider en quoi que ce soit ? offrit Elaine.

La fatigue et les soucis avaient vieilli Marguerite ces quelques derniers mois. La souffrance et la tristesse avaient marqué de leur empreinte le visage aux traits fins, et tracé sur sa peau douce un réseau de petites rides.

— Pas ce soir, chérie !

La main de Marguerite lui pressa l'épaule affectueusement.

— Ce soir, reposez-vous aussi, vous avez beaucoup conduit. Et maintenant, je vous souhaite une bonne nuit. Jacques va vous servir le café dans le bureau.

Dans la pièce où flottait l'odeur de tabac, Elaine versait le café dans de ravissantes tasses de porcelaine quand le téléphone sonna. Cela lui rappela qu'elle avait promis d'appeler Gerald Morton pour lui dire qu'elle était bien arrivée. Il fallait qu'elle lui explique qu'elle allait rester un peu plus longtemps que prévu.

Elle but son café à petites gorgées en écoutant vaguement la voix grave d'Yvan répondre à un inconnu, et se demanda ce que penserait Gerald quand il saurait que son retour était retardé.

Allait-il déclarer qu'elle différait encore sa décision ? Depuis plusieurs semaines, il la pressait de mettre fin à son mariage. Quand elle lui avait demandé un jour de congé pour aller à Chambourtin, il lui avait affirmé :

— C'est votre chance de vous débarrasser de Durocher ! Vous allez forcément le voir, et ce sera beaucoup plus facile de lui expliquer la situation, quand vous serez face à face avec lui.

— Non, ce ne sera pas plus facile, répliqua-t-elle. Vous ne le connaissez pas. Il est... il est si inflexible. Nous nous sommes mariés à l'église, et je ne crois pas qu'il accepte le divorce.

— Aujourd'hui ? A notre époque ?

Les yeux de Gerald exprimaient le mépris.

— Allons donc, Elaine, cela arrive tous les jours. Vous devez pouvoir plaider l'incompatibilité de caractères, sans aucun doute. Je ne comprendrai jamais comment vous avez pu lui succomber au premier coup d'œil. Il doit être beaucoup plus âgé que vous, et en plus il est étranger.

Il lui jeta un regard condescendant.

— Je suppose que c'est toujours la même vieille histoire. C'est son charme gaulois qui vous a fascinée. Cela marche toujours quand il y a derrière un décor romantique avec un vieux château au milieu des vignobles et des roses.

— Il a exactement douze ans de plus que moi, comme vous, lança Elaine, hautaine. Et vous semblez oublier que je suis moi-même un peu française. Je ne considère pas mes parents et amis à Chambourtin comme des étrangers.

Surpris, il la dévisagea quelques secondes, puis répondit d'un ton égal :

— J'essayais seulement de vous montrer où il peut y avoir une incompatibilité. Vous ne pouvez pas continuer comme cela, voyons, mariée avec lui et vivant séparément. Vous voudrez peut-être vous remarier.

Cela l'avait un peu troublée ; allait-il la demander en mariage ? Elle n'aurait pas su quoi répondre.

— C'est possible, avait-elle marmonné. Je rentrerai dès que possible, mais si je dois rester plus longtemps à cause de mon oncle, je vous le ferai savoir.

Il avait simplement hoché la tête, et elle avait quitté son bureau avec la sensation de lui avoir fait ses adieux définitifs.

— Désirez-vous un peu de cognac avec votre café ?

La voix d'Yvan interrompit le cours de ses pensées, et la ramena de l'atmosphère affairée du bureau de Gerald à la lumière douce de la pièce où ils se trouvaient. Yvan lui tendait un verre dans lequel il avait versé le précieux liquide doré. Elle le prit et goûta un peu de la liqueur revigorante, en espérant y trouver quelque courage. Lui-même se versa son cognac et s'assit dans un des profonds fauteuils de cuir. La lumière d'une lampe éclairait son visage anguleux et faisait briller ses yeux sombres.

— Puis-je téléphoner ? demanda-t-elle.

— Oui, bien entendu.

Il reposa sa tasse de café sur la soucoupe et prit son verre de cognac dans ses mains pour le tiédir, l'élevant à hauteur de ses narines afin d'en apprécier tout l'arôme.

— C'est un coup de téléphone personnel, à l'étranger. J'ai... euh... promis à quelqu'un que je téléphonerai pour annoncer mon arrivée, expliqua-t-elle.

— Quelqu'un ? s'enquit-il, et par-dessus le bord de son verre, ses yeux brillèrent, narquois, à travers ses longs cils. Votre cousin Charles ou sa femme Jenny, sans doute ? Savez-vous leur numéro par cœur ? Sinon, il se trouve là, dans le carnet à côté du téléphone. Il vous faudra passer par le standard.

Elaine jeta un regard à l'appareil. Il lui était impossible de parler à Gerald devant Yvan. Même en anglais, Yvan comprendrait à peu près ce qu'elle dirait et devinerait le reste.

— Y a-t-il un autre appareil ? demanda-t-elle.

— Oui, dans la chambre de ma mère, et dans la cuisine. Mais vous pouvez utiliser celui-ci.

Il n'en était pas question. Elle avala une goutte de cognac et se versa une nouvelle tasse de café tout en réfléchissant. Comprendrait-il qu'elle souhaitait être seule pour faire son appel ? En apparence, il était absorbé dans la lecture d'un livre, qu'il avait pris sur une des étagères, et de temps à autre, il levait son verre de cristal.

— Encore du café ? finit-elle par demander, en désespoir de cause.

— Hmmm ?

Il ne leva pas les yeux.

— Je vous demande si vous voulez encore un peu de café !

— Non merci !

Il posa son verre vide sur la table, ferma le livre et le mit de côté, puis se pencha en avant, les mains autour des genoux.

— C'est agréable, n'est-ce pas ? Cela rappelle le bon vieux temps, murmura-t-il.

C'était faux, et il le savait, se dit-elle, furieuse, et elle vit le pli ironique de sa bouche.

Pendant les quatre premiers mois de leur mariage, ils ne s'étaient jamais retrouvés seuls dans cette pièce. Quand ils étaient ensemble, ils ne restaient pas assis silencieux, chacun de leur côté. Ils étaient toujours serrés l'un contre l'autre, sur la terrasse sous les étoiles par beau temps, et quand il faisait froid ou humide, ils se blottissaient dans les coins d'ombre du grand salon. Mais ils ne demeuraient jamais longtemps silencieux, et ils préféraient monter dans leur chambre de la tour, pour s'allonger l'un contre l'autre dans leur grand lit et faire l'amour.

— Avez-vous donné votre coup de téléphone ? demanda-t-il poliment.

— Vous savez très bien que non ! éclata-t-elle. Je ne peux pas parler si vous êtes ici à écouter tout ce que je dis.

— Je vois. Ce n'est donc pas à Charles ou à Jenny que vous voulez parler. Le quelqu'un en question est un ami ?

Les yeux sombres plongeaient en elle, comme s'ils voulaient mettre à nu son cerveau pour voir ce qui s'y cachait.

— Un autre homme avec qui vous avez une liaison, peut-être ? railla-t-il.

L'indignation la submergea, et elle ne put se maîtriser. Sautant sur ses pieds, elle le foudroya du regard, et dut se retenir au dernier moment pour ne pas le gratifier d'une gifle retentissante.

— Je ne suis pas comme vous... commença-t-elle.

Elle reprit son souffle et continua en un murmure rageur :

— Je ne suis pas comme vous, à me lancer dans des liaisons hors mariage, et puisque vous n'avez pas la politesse de quitter la pièce pendant que je téléphone, j'écrirai une lettre à la place. Bonsoir !

Elle sortit de la pièce en claquant la porte derrière

elle, et bondit dans l'escalier en direction de sa chambre.

La vue de la brosse à cheveux d'Yvan sur la coiffeuse la troubla plus encore, et prise d'une soudaine résolution, elle traversa la pièce, ouvrit le placard et commença à en sortir ses vêtements. Elle traversa le couloir menant vers l'autre chambre, une pile de linge sur les bras, ouvrit la porte et alluma la lumière. Elle vit alors le petit lit d'enfant où elle dormait autrefois, et en fut contrariée. Jamais Yvan ne pourrait y coucher ! Il était beaucoup trop grand.

Après tout, c'était lui qui avait décidé de prendre ce lit, il se débrouillerait donc !

Elle suspendit son costume et repartit chercher d'autres habits. Il lui fallut quatre voyages pour tout emporter. Elle s'attarda un moment dans la petite chambre à contempler les rideaux attrayants, les livres de contes, qui avaient appartenu autrefois à sa grand-mère, le cheval à bascule encore en bon état. La nostalgie l'envahit au souvenir de ses jeunes années heureuses et sans soucis, des promenades et bavardages avec son grand-oncle, et de ses histoires de chevalerie où les cavaliers en armes parcouraient l'Aquitaine, et où la duchesse Aliénor tenait la dernière cour d'amour à Poitiers.

Mais son enfance était terminée, tout comme l'âge de la chevalerie. Avec un soupir, Elaine éteignit la lumière, ferma la porte et retourna vers sa chambre. Elle s'assit au bureau, prit du papier et un stylo et commença une lettre à Gerald.

Dix minutes après, elle abandonnait sa tentative. L'indignation provoquée par le comportement d'Yvan la secouait encore, et elle se sentait incapable d'expliquer en quelques phrases claires les raisons de son retard, sans trahir le tumulte de son cœur.

La fatigue la submergeait et elle se déshabilla rapidement, se glissa dans sa chemise de nuit de coton et se mit au lit. Le sommeil la surprit immédiatement.

3

Elaine se réveilla tôt le lendemain matin et sut où elle se trouvait avant même d'ouvrir les yeux, en entendant les colombes roucouler sur le toit de la tour.

Pendant un court moment d'exaltation, son cerveau lui joua un tour. Les neuf mois de séparation s'effacèrent de sa mémoire, et elle se crut jeune mariée très amoureuse. Les yeux fermés, elle sourit, ses lèvres tendres esquissèrent une moue sensuelle, elle étira les jambes langoureusement et se tourna sur le côté en tendant les bras pour étreindre... le vide !

Le contact des draps froids la ramena à la réalité. Elaine ouvrit les yeux et vit l'oreiller intact à côté d'elle. Elle était seule et avait été seule toute la nuit.

Allongée sur le ventre, les yeux fermés, elle essayait de lutter contre la montée de déception qui l'envahissait. Elle aurait voulu ne jamais éprouver cette terrible frustration physique.

Comment pourrait-elle supporter des jours, des semaines peut-être de cohabitation avec Yvan sans se laisser dominer par ses émotions et ses désirs ? Comment pourrait-elle s'éveiller dans ce lit, sans évoquer d'autres réveils où il était là, à côté d'elle, tiède et détendu, son bras emprisonnant son corps dans une étreinte amoureuse ?

Si seulement elle était indifférente à sa présence ! Si seulement sa vue ne provoquait pas en elle ce sentiment de regret lancinant, regret d'un bonheur perdu à jamais !

S'il l'avait aimée, Solange Bourget n'aurait pas eu à révéler à Elaine une vérité qui avait bouleversé son existence. Il n'aurait jamais passé la nuit avec Solange dans son appartement d'Angoulême non pas une fois, mais à plusieurs occasions, alors qu'il prétendait aller à Cognac pour affaires.

Une image de Solange revint à la mémoire d'Elaine. Grande et mince avec de grands yeux noirs dans un visage allongé, encadré par une longue chevelure brune, Solange était une artiste. Elle avait le même âge qu'Yvan et le connaissait depuis son adolescence. De retour d'un long séjour dans les Caraïbes, elle passait par là, avait-elle dit. Elle s'était arrêtée à Chambourtin quelques jours après le mariage d'Elaine et d'Yvan pour revoir son ancien amoureux, selon ses propres paroles.

Elle ne cacha pas sa surprise en le voyant marié, et le taquina à ce sujet. Elle-même n'était pas tentée par le mariage, avait-elle confié à Elaine, car elle tenait beaucoup trop à sa liberté. D'ailleurs, déclara-t-elle, pourquoi se marier si ce n'était pour le côté pratique, par exemple fonder un foyer, ou acquérir une propriété ou une fortune ?

Dès que Solange quitta Chambourtin après cette courte visite, Elaine l'oublia. Elle était beaucoup trop occupée par son bonheur — car ils avaient été très heureux — pour accorder une pensée à une autre femme, et dans les quelques occasions où Yvan s'était absenté, il ne lui était jamais venu à l'idée de le soupçonner de mensonge.

Mais un jour froid de novembre, où les lourds nuages gris semblaient poussés directement par le vent de l'Atlantique, Elaine se rendit à Angoulême pour faire des courses.

Le vent était si glacial qu'elle se réfugia dans la vieille demeure située à côté de la cathédrale, ancien évêché transformé en musée. Elle s'y trouva face à face avec Solange.

La jeune femme la salua gentiment, et après une courte conversation sur la collection de sculptures africaines exposées là, elle invita Elaine dans son appartement. Impressionnée par le comportement assuré de Solange et par son succès d'artiste, Elaine fut flattée de son invitation et elle se rendit à la vieille maison, dont Solange louait le dernier étage. De là, on pouvait voir les toits enchevêtrés et les rues tortueuses de l'ancienne cité.

Durant les trois semaines suivantes, elle avait renouvelé ses visites ; aujourd'hui, Elaine s'agitait dans son lit en se remémorant son innocence et sa naïveté. Elle n'aurait jamais dû se laisser prendre au charme de Solange. Si elle n'était pas allée dans son studio, sa méfiance à l'égard d'Yvan n'aurait pas été mise en éveil ; car le sujet des discussions finissait toujours par toucher à la personne d'Yvan. Solange évoquait son amitié pour lui quand ils étaient jeunes ; leurs week-ends ensemble ; et elle sous-entendait toujours que leur relation n'avait rien d'innocent.

— Oh, je savais que je n'étais pas la seule femme dans sa vie. Il y en avait d'autres. Mais il me revenait toujours. Même maintenant qu'il est marié...

Elle s'interrompit tout à coup et rejeta sa longue mèche de cheveux noirs en arrière.

— Mon Dieu, murmura-t-elle, qu'est-ce que je raconte ? J'oublie toujours...

— Quoi donc ? demanda Elaine.

— Que vous êtes sa femme. Vous êtes si jeune et si innocente qu'il est difficile de vous imaginer avec Yvan qui est fort et expérimenté. Il vous faudrait plutôt quelqu'un de votre âge, un gentil garçon anglais aux yeux bleus et aux cheveux blonds. Oui, je vous vois, vous tenant les mains, avec un petit rire étouffé quand vous vous embrassez. Oh Elaine, pourquoi avez-vous épousé Yvan ?

— Parce que je l'aime, bien sûr! répliqua Elaine simplement, bien qu'elle fût étrangement troublée par les paroles de Solange.

Une lueur bizarre traversa le regard de Solange, une sorte de pitié moqueuse.

— Bien sûr, vous êtes romantique, vous croyez à l'amour, et vous vous figurez qu'il vous a épousée pour la même raison. Mais vous devriez savoir que dans ces provinces, jusqu'à il y a un demi-siècle, le mariage dans les classes bourgeoises et aristocratiques était un arrangement entre familles. L'amour n'existait qu'en dehors du mariage, sauf pour ceux qui avaient la chance de finir par aimer leur conjoint. De nos jours, les mariages d'amour sont plus fréquents, mais dans le cas d'Yvan — Solange fit une grimace et haussa les épaules — ah, il n'est pas le fils de Marguerite Durocher pour rien.

— Je ne comprends pas, murmura Elaine, égarée.

— Elle n'a pas pu épouser Armand Saint-Vérain. Elle n'était pas assez bien, voyez-vous, pour devenir sa femme. Alors, elle s'y est pris autrement. Elle a épousé Jean Durocher, un homme plein de force, de charme et de finesse ; un homme ambitieux au service d'Armand Saint-Vérain pour surveiller la culture des vignobles de Chambourtin.

Solange saisit une cigarette, et aspira une première bouffée avant de continuer :

— Il est bien connu aux alentours que Marguerite l'a épousé par commodité pour pouvoir vivre à côté d'Armand et le voir pratiquement tous les jours. Elle a finalement réalisé son ambition de devenir châtelaine quand son mari est mort et qu'elle a pu épouser Armand.

— Quand bien même elle aurait choisi un mariage de raison, pourquoi Yvan en ferait-il autant ? protesta Elaine. Ce n'est plus de notre temps.

Le regard de Solange eut à nouveau un éclair de moquerie.

— Comme vous êtes naïve ! railla-t-elle. Yvan n'a pas

eu de mal à vous séduire. Je suppose qu'il a suffi de quelques baisers et de quelques caresses pour que vous l'imaginiez amoureux de vous. Comme beaucoup de jeunes filles un peu sottes, vous avez confondu l'amour avec la passion physique.

Elaine, trop choquée par l'attaque directe de Solange pour trouver une réplique immédiate, finit par protester faiblement :

— Mais que pouvait-il gagner en m'épousant ? Je n'ai pas de fortune ni de propriété.

— Pas encore peut-être, mais cela arrivera. Vous êtes la seule personne vivante apparentée aux Saint-Vérain qui puisse prétendre à l'héritage de Chambourtin. Quand Armand mourra, vous en hériterez vraisemblablement. Je ne serais pas surprise que Marguerite soit au courant, et ait arrangé elle-même votre mariage. Elle a dû démontrer à Armand que ce serait une excellente idée si son fils adoptif, le seul qu'il ait pu avoir, pouvait partager Chambourtin avec vous.

— C'est absolument ridicule ! Où avez-vous trouvé une idée pareille ? s'exclama Elaine.

— Où voulez-vous que je la trouve ? rétorqua Solange. C'est Yvan lui-même, votre mari, ma chère, qui me l'a donnée. Il vous a épousée à la condition expresse qu'Armand change son testament, et le nomme cohéritier avec vous.

— Je ne vous crois pas ! Yvan m'a épousée par amour, j'en suis sûre.

La protestation d'Elaine s'éleva, véhémente.

— Vraiment ? Alors demandez-lui pourquoi il vient me voir ici. Demandez-lui pourquoi il a passé plusieurs nuits avec moi depuis mon retour. Demandez-lui pourquoi il était ici hier soir, quand il a oublié ceci, suggéra Solange, ses yeux noirs brillant de malice tandis qu'elle lui indiquait une petite table.

Il y avait là une paire de gants de conduite et un briquet qu'Elaine reconnut immédiatement.

— Vous êtes toujours persuadée qu'il vous a épousée

par amour ? s'enquit Solange doucement. Moi, j'en doute fortement. Je sais que c'est un homme froid, pratique, calculateur comme sa mère. Il avait prévu et accepté un mariage qui l'avantagerait. Quant à l'amour, c'est moi qu'il aime, il m'a toujours aimée et m'aimera toujours.

Elaine ne put en supporter davantage. Elle s'enfuit du studio et dévala les escaliers vers la rue. Elle se précipita dans la voiture de son oncle qu'elle avait empruntée pour venir à Angoulême.

Assise derrière le volant, elle essayait de maîtriser le tremblement qui l'avait saisie. Mais elle n'y parvint que longtemps après, et la nuit était tombée quand elle se sentit enfin capable de conduire. Plus esseulée qu'elle n'avait jamais été de sa vie, elle quitta la ville et se dirigea vers le nord. Quelque part sur la route, elle décida qu'elle ne pouvait pas retourner à Chambourtin, et elle dépassa le chemin qui y conduisait.

Quand elle arriva à Poitiers, glacée et épuisée, tard dans la nuit, elle prit une chambre dans un petit hôtel. Elle ne put fermer l'œil un instant, incapable de supporter la douleur fulgurante qui l'avait transpercée à la vue des gants et du briquet d'Yvan.

Le lendemain matin, elle se rendit à la gare et prit le premier train pour Paris. Se sentant à bonne distance, elle téléphona au château ; Jacques lui répondit. Elle lui demanda de transmettre un message à Yvan à son retour de Cognac, où il était supposé assister à une conférence. Jacques lui dirait qu'elle était retournée en Angleterre voir ses cousins, et qu'elle lui écrirait.

En arrivant à Londres, elle ne se rendit pas directement à Ashleigh où résidaient ses cousins ; elle demeura quelques jours chez l'une de ses amies de collège. Si elle avait pu rester éternellement enfermée dans l'appartement de son amie ! Mais celle-ci s'inquiéta de son état et contacta Charles et Jenny. Un après-midi, Jenny se présenta et emmena Elaine à Ashleigh.

Elaine comprenait maintenant combien ils avaient été

bons pour elle. Ils ne firent aucun commentaire lorsqu'elle leur apprit qu'elle avait quitté Yvan et n'avait pas l'intention de revivre avec lui. Charles lui trouva un travail de secrétariat dans les bureaux d'importation de vins, où elle revit Gerald Morton.

Elle écrivit à Yvan qu'elle avait fait une erreur en l'épousant si rapidement, elle s'en rendait compte, et qu'elle avait besoin de temps pour réfléchir à leurs relations. En réponse vint une lettre de son oncle la suppliant de revenir à son mari. Rien n'arriva d'Yvan lui-même avant le mois de mars. Son message était bref : « Tu as eu le temps de réfléchir. Dis-moi quand tu reviendras. »

L'arrogance froide de sa lettre avait rouvert sa blessure. S'il était venu à Londres, s'il avait plaidé sa cause pour qu'elle revienne ; s'il avait dit dans sa lettre qu'il l'aimait et désirait son retour, elle serait repartie. Mais il était resté lointain, et elle avait lu dans cette froideur un manque de sentiment. Cela renforçait sa conviction qu'il ne l'avait pas épousée par amour. Elle répondit qu'elle avait décidé de rester à Londres, et espérait qu'ils trouveraient un arrangement pour divorcer. Depuis, elle n'avait plus eu de ses nouvelles…

Elaine se retourna sur le dos et fixa le plafond. Elle était maintenant revenue dans les lieux où elle avait juré de ne jamais remettre les pieds, et tout le monde croyait qu'elle était là pour reprendre sa vie avec Yvan. Seuls lui et elle savaient la vérité. Elle était engagée dans un dangereux faux-semblant et…

On frappa à la porte. Elle s'ouvrit doucement, et Yvan jeta un coup d'œil dans la pièce. A sa vue, elle se redressa rapidement, sur la défensive.

— Puis-je entrer ? demanda-t-il.

— Oui.

Il entra et ferma la porte derrière lui. En voyant son regard noir l'effleurer, elle regretta de s'être assise si vite. Les draps avaient glissé, révélant un sein rond et blanc, à cause d'une bretelle de sa chemise de nuit qui était descendue. S'efforçant de prendre un air nonchalant, elle remonta la bretelle, plia ses genoux sous les draps et les entoura de ses bras.

— Que voulez-vous ? demanda-t-elle.

— Mes bottes, répondit-il en se plantant au pied du lit et la dévisageant, les sourcils froncés.

Il était vêtu de son pantalon de travail, et sa chemise bleue moulante mettait en valeur son torse musclé.

— Je dois vous remercier d'avoir déménagé mes vêtements dans l'autre chambre. Malheureusement, vous n'avez pas pris mes bottes et mes chaussures. Je suis désolé de vous déranger.

Sa politesse était glaciale, si bien qu'Elaine frissonna malgré la tiédeur de la chambre.

— Bien sûr ! murmura-t-elle.

Yvan fit le tour du lit et ouvrit le placard pour prendre ses bottes. A sa grande consternation, il s'assit au bord du lit tout près d'elle. Furtivement elle essaya de se glisser de l'autre côté mais elle s'aperçut que sa chemise de nuit était coïncée sous les draps par son poids.

— Avez-vous bien dormi ? demanda-t-il en enfilant une botte.

— Oui, merci, et vous ? dit-elle avec raideur.

— Il m'est arrivé de mieux dormir, répondit-il, et il mit l'autre botte.

Elle regarda son visage. Il était tendu et sombre, marqué de rides de fatigue, et elle se souvint avec remords de la petitesse du lit de la nursery.

— Je suis désolée, dit-elle spontanément, ce lit ne doit pas être confortable. Il est trop petit et trop étroit.

— C'est possible, fit-il et se leva à son grand soulagement.

Il alla à la fenêtre, l'ouvrit et repoussa les volets. Aussitôt le soleil inonda la pièce.

— Je n'ai pas dormi là, donc je n'en sais rien, ajouta-t-il.

— Mais alors, où avez-vous dormi ? s'exclama-t-elle sans réfléchir.

Yvan se penchait par-dessus le bord de la fenêtre pour observer quelque chose dans la cour. Le soleil illuminait son visage, qui pendant un moment, ressembla à un masque d'or. Puis il sourit légèrement, se tourna vers elle, et l'illusion s'évanouit.

— Devinez où ! rétorqua-t-il doucement, provoquant, et aussitôt son esprit se perdit en toutes sortes de conjectures.

— Ce serait peut-être mieux que ce soit moi qui dorme dans l'autre chambre, dit-elle froidement.

— Ce serait une solution au problème, mais pas la meilleure à mon avis, répliqua-t-il, et s'approcha de la porte. Sa hanche heurta le bureau, et la lettre à Gerald qu'elle avait commencée la veille virevolta jusqu'au sol. Il se pencha pour la ramasser, y jeta un coup d'œil et haussa les sourcils.

— « Dear Gerald », lut-il en anglais, exagérant son accent comme s'il n'avait aucune notion de la langue, « comme vous voyez, je suis arrivée ici aujourd'hui. J'ai vu mon oncle, et il souhaite que je reste auprès de lui quelque temps encore. »

Rejetant les draps, Elaine sauta du lit et bondit auprès de lui, la main tendue pour lui reprendre la lettre.

— Comment osez-vous lire mon courrier ? siffla-t-elle.

Sa main ne put attraper le papier, car il le haussa au-dessus de sa tête et l'agita en signe de défi. Elle ne put atteindre son but et retomba contre lui, déséquilibrée par son mouvement rapide. Aussitôt son autre bras se referma sur elle, et elle se retrouva étroitement serrée contre sa poitrine.

— Laissez-moi ! cria-t-elle, se débattant pour échapper à cette étreinte. Et rendez-moi ma lettre !

— Seulement si vous me dites qui est Gerald !

— Yvan, vous me faites mal ! haleta-t-elle.

— Non. Si vous ne luttiez pas tant contre moi, vous

n'auriez pas mal. C'est votre propre impétuosité qui vous blesse, chérie. Restez tranquille !

Il prononça les derniers mots si fortement et resserra tant son étreinte qu'elle arrêta complètement de remuer, la tête basse, la poitrine haletante tandis qu'elle essayait de retrouver son souffle.

— Est-il votre amant ? demanda-t-il.

— Pourquoi vous répondrais-je ? le contra-t-elle, rejetant sa chevelure et le foudroyant du regard.

— J'ai le droit de savoir.

— Oh ! vous et vos droits ! riposta-t-elle, cinglante. J'ai des droits aussi, notamment celui de savoir où vous avez passé la nuit dernière ; mais vous n'avez pas répondu.

— J'ai dormi sur le divan du salon.

Sa réponse placide la déconcerta. Elle s'écarta en s'appuyant sur le bras de son mari pour déchiffrer l'expression de ses yeux. Ils croisèrent les siens sans ciller, puis descendirent vers sa bouche. Elle vit ses lèvres s'incurver légèrement, sardoniques.

— Je ne vous crois pas, déclara-t-elle.

— Parbleu ! gronda-t-il, furieux. Je vais essayer autre chose, alors. J'ai couché avec une autre femme. Je suis sûr que vous aller me croire cette fois. Maintenant, passons à ce Gerald ! Est-ce à cause de lui que vous arrivez ici en parlant de divorce ?

Elaine appuya ses deux poings sur sa poitrine et essaya de se libérer en le poussant, mais elle s'aperçut alors qu'il la tenait maintenant avec ses deux bras et qu'il avait laissé tomber la lettre.

— Oh, il m'est complètement impossible d'en discuter avec vous si vous me tenez de cette façon, fit-elle pour éluder la question.

— Comment voulez-vous que je vous tienne ? Comme cela ? murmura-t-il.

Il glissa son bras le long de son dos, et sa main vint caresser sa nuque, tandis que son autre bras descendait, provocateur, vers le bas de son échine. En même temps, il la pressait contre lui si fort qu'elle sentait à travers sa chemise de nuit le dur contact de ses jambes musclées.

Le désir monta en elle et lui fit perdre le contrôle de ses sens. Sans avoir conscience de ses gestes, elle s'inclina contre lui, cherchant instinctivement sa bouche. Son corps impatient le réclamait maintenant tout entier : elle remua les lèvres, les entrouvrit légèrement, pour accueillir son baiser. La bouche d'Yvan effleura la sienne : la sensation en était chaude et terriblement familière. Avec un long soupir, elle lui noua les bras autour du cou et se serra encore plus contre lui.

La porte derrière eux s'ouvrit. Une voix dit, saisie :

— Oh excusez-moi, Madame... Monsieur...

Les bras d'Yvan retombèrent, et il recula. Un peu étourdie, Elaine se tourna, rejetant ses cheveux de son visage. Dans l'embrasure de la porte se tenait Marie, la jeune servante. Ses joues pâles avaient brusquement rougi, et elle leur lançait des regards curieux et furtifs.

— Qu'y a-t-il, Marie ?

Yvan se déplaça, et ses pieds foulèrent involontairement la lettre tombée sur le sol.

— Je... je...

La jeune fille tremblait et semblait incapable de proférer une parole. Elle se précipita hors de la chambre et réapparut un instant après, portant un plateau d'une démarche incertaine. Dessus se trouvaient un petit panier à pain en osier, un pot de confiture et un bol de chocolat fumant.

— C'est pour Madame ! dit-elle, la voix cassée.

— Merci, Marie ! fit Elaine.

Elle dut faire un effort pour s'avancer et prendre le plateau des mains tremblantes de la jeune fille. Marie inclina la tête, pivota et s'enfuit.

Yvan regarda le plateau, la serviette de lin brodée, le panier de croissants frais et le chocolat bouillant. Ses yeux se plissèrent.

— Le petit déjeuner au lit ? On dirait que quelqu'un dans cette maison a envie que vous restiez, fut son commentaire, et tournant les talons, il quitta la chambre.

Elaine posa le plateau sur la table de nuit, et s'assit au bord du lit. Le visage dans les mains, elle s'efforça de retrouver son calme. Progressivement le tumulte de ses émotions s'atténua et elle put boire son bol de chocolat. Il était délicieusement crémeux et lui rappelait d'autres petits déjeuners pris dans cette même chambre.

En reposant son bol, elle aperçut la rose rouge qu'elle n'avait pas encore remarquée. Fraîchement cueillie dans le jardin, elle entrouvrait à peine ses pétales de velours, et pour Elaine, son parfum délicat et capiteux à la fois symbolisait tout Chambourtin. Elle était posée dans un gracieux vase de cristal, et sa présence sur le plateau était un signe de bienvenue.

« On dirait que quelqu'un dans cette maison a envie que vous restiez. » Les paroles d'Yvan résonnèrent dans l'esprit d'Elaine. Ce quelqu'un, devinait-elle, était Marguerite, qui avait probablement donné ses instructions pour qu'on lui monte un plateau de petit déjeuner. Elle la gâtait comme elle l'avait toujours fait quand, enfant, elle venait au château en vacances.

Mais Yvan ne souhaitait pas qu'elle restât, elle en était de plus en plus persuadée. Il faisait tout pour l'obliger à partir en la tourmentant, ne serait-ce que par sa façon de l'injurier à propos de la lettre à Gerald. Elle sauta sur ses pieds et arpenta la pièce de long en large en repensant à la façon dont il l'avait presque embrassée.

Comment pouvait-elle se conduire avec tant d'abandon, l'encourageant à l'embrasser ? Comme il devait se moquer d'elle maintenant ! Hier encore, elle lui disait qu'elle ne pouvait coucher avec quelqu'un qu'elle n'aimait pas, et aujourd'hui, il n'avait eu qu'à la prendre dans ses bras pour qu'elle oublie toute résistance. Si Marie n'avait pas ouvert la porte à ce moment-là... oh, cela ne servait à rien de s'attarder à ces pensées, mais il fallait qu'elle évite le retour d'une telle situation.

Revenant au plateau, elle prit un croissant, le recouvrit de confiture et mordit dedans. Cela lui donna de l'appétit et elle eut bientôt avalé les trois croissants, puis elle se lécha les doigts.

Il y avait tant de choses qu'elle adorait dans la vie à Chambourtin, pensait-elle en se penchant sur la rose, pour en humer le parfum. Elle aimait le soleil, les roses, le vin, et cela lui avait manqué pendant ces neuf mois. Elle se demandait vaguement comment elle avait pu rester au loin si longtemps.

Elle se sentit mieux tout à coup et se dirigea vers la salle de bains ; à ce moment-là, elle vit la lettre froissée sur le sol. Elle la ramassa et, mue par une soudaine impulsion, la déchira. Ce n'était pas pressé. Elle pourrait l'écrire plus tard et, en suivant des yeux les petits bouts de papier, elle se mit à rire, en reconnaissant là l'influence de Chambourtin. On n'était jamais pressé ici, le rythme de vie suivait celui de la lente maturation des vignes.

Une demi-heure plus tard, elle descendait les escaliers en portant le plateau. Elle était vêtue d'un pantalon de coton léger et d'un chemisier sans manches ; ses cheveux étaient retenus sur sa nuque en queue de cheval. Marguerite était dans la cuisine, assise à une table ; elle préparait le menu.

— Bonjour, Elaine. Comment allez-vous ? demanda-t-elle.

— Très bien, merci, et vous ?

— Pas mal.

Le haussement d'épaules de Marguerite était suffisamment éloquent. Elaine l'examina de plus près et vit ses traits tirés de fatigue.

— Comment va oncle Armand ce matin ? interrogea-t-elle. A-t-il passé une bonne nuit ?

— Non, il n'a pas pu dormir. Il s'est réveillé et il voulait absolument parler à Yvan. Heureusement, Yvan n'était pas encore couché.

Marguerite fronça les sourcils et la scruta.

— Je suis désolée, chérie, que votre première nuit à

la maison ait été tellement perturbée. Il était presque quatre heures du matin quand Yvan a pu quitter le chevet d'Armand.

Les lèvres d'Elaine se serrèrent, car elle allait se trahir en prétendant ignorer qu'Yvan était resté avec son oncle presque toute la nuit. Elle fixa le plateau qu'elle avait posé sur la table ; elle ne voyait pas le bol vide ni le panier, mais le visage d'Yvan tendu et las. Pourquoi ne lui avait-il pas avoué ce qu'il avait fait cette nuit ? Pourquoi lui laissait-il croire qu'il était allé coucher ailleurs ? Pourquoi mentait-il lorsqu'elle le questionnait : était-ce pour la tourmenter ? Ou était-ce par crainte qu'elle ne découvre sa nature véritable ?

— Je n'ai pas été dérangée, dit-elle, mais je ne savais pas qu'il avait passé la nuit auprès de mon oncle. Il ne m'en a rien dit.

— Et vous pensez donc qu'il n'est pas capable d'un acte généreux, n'est-ce pas ?

La voix de Marguerite était mordante, et son regard l'accusait.

— Mais Yvan est bon, tout comme son père l'était. Et je souhaite qu'il puisse être heureux.

— N'est-il pas heureux ? demanda Elaine.

— Je ne le pense pas. Oh, il ne se plaint pas, il n'est pas du genre à se donner en spectacle. Mais j'ai remarqué qu'il est parfois distrait, et quelquefois il boit trop ; il m'est arrivé de vous en blâmer.

— Moi ? s'exclama Elaine, abasourdie.

— Oui. Vous n'avez pas été une bonne épouse, et je me demande s'il ne regrette pas de vous avoir choisie pour femme.

Elaine vacilla sur place. Il n'y avait qu'une seule raison pour laquelle il aurait pu le regretter ; il aurait peut-être préféré épouser Solange. Un instant, devant le regard inquisiteur de Marguerite posé sur elle, elle fut tentée de lui avouer tout ce qu'elle savait de la liaison d'Yvan avec Solange, ainsi que sa propre volonté de divorcer, car elle non plus n'avait pas trouvé en lui le mari parfait.

Puis elle se souvint qu'elle et Yvan étaient censés être réconciliés, et elle comprit soudain que Marguerite lui avait simplement exposé ses propres vues traditionnalistes sur le mariage. C'était le rôle de la femme de rendre son mari heureux, de porter et d'élever les enfants qu'il lui donnait dans le mariage. Marguerite ne comprendrait jamais sa position plus moderne : ce n'était pas parce qu'une femme se mariait qu'elle devait sacrifier ses droits d'individu à part entière.

— Mon petit déjeuner était très bon, dit-elle, refusant de s'attarder sur ce sujet au risque d'offenser Marguerite. Vous avez dû montrer à Marie comment préparer le plateau.

— Oui, à l'exception de la rose rouge, répliqua froidement Marguerite. Posez ce plateau près de l'évier, Marie s'en occupera plus tard. Voyons, que souhaitez-vous faire aujourd'hui ?

Mais Elaine ne l'écoutait pas. Qui avait posé la rose sur le plateau, si ce n'était ni Marguerite ni Marie ? Elle prit la rose dans le vase et la passa dans une boutonnière de son chemisier.

— Je vous ai demandé ce que vous aimeriez faire aujourd'hui !

La voix de Marguerite avait perdu son aigreur, et elle paraissait amusée. Elaine sursauta et se retourna.

— Je voudrais vous aider. Puis-je veiller oncle Armand ?

— Peut-être plus tard. Je suppose qu'il demandera à vous voir. Pourquoi ne sortiriez-vous pas ce matin ? Voulez-vous faire un tour de jardin, pendant que le soleil n'est pas trop chaud ?

Elaine ne se le fit pas dire deux fois. Elle sortit dans la cour. Des abeilles bourdonnaient dans les fleurs, et l'arôme des fûts de vin et des roses était plus lancinant que jamais. En passant près de la mare, elle surprit un

62

troupeau d'oies criaillantes, qui s'éloignèrent en se dandinant et en sifflant de colère.

Elle passa sous le porche entre les deux chais, les mains en visière au-dessus de ses yeux pour se protéger des rayons du soleil. Le terrain doucement ondulé descendait devant elle vers une courbe de la rivière. De longues rangées de ceps lui donnaient un aspect ratissé. De temps à autre, elle apercevait la silhouette d'un vigneron qui nettoyait les herbes et les pousses indésirables. Le reflet de la rivière la sollicitait, et elle fut bientôt dans un petit sentier pierreux qui traversait les vignes et rejoignait les rives plantées de trembles et de peupliers.

Le sentier s'arrêtait devant une jetée de bois où étaient attachées deux vieilles barques. Avec leur fond plat et peu profond, elles servaient autrefois à transporter les produits de la ferme et même le bétail au marché le plus proche. Mais pour Elaine, elles avaient toujours été un moyen d'évasion. Ravie de les retrouver là, elle monta à bord de l'une d'elles, la détacha et la laissa s'éloigner doucement de la terre. En même temps, elle cherchait des yeux la longue perche pour guider l'embarcation : elle aurait dû se trouver au fond.

Un moment, la surprise la cloua sur place. Elle cligna des yeux et regarda à nouveau. Non, sa vue ne l'avait pas trompée. Il n'y avait pas de perche dans le fond de la barque.

Elle se gourmanda en silence d'être assez étourdie pour détacher le bateau sans vérifier qu'il y avait bien tout dedans ! Elle promena son regard à la ronde, espérant qu'elle pourrait sauter sur la jetée ou sur une rive, mais pendant qu'elle cherchait la perche, la barque s'était éloignée, emportée par le courant. Celui-ci n'était pas violent, mais la distance était maintenant trop grande entre la jetée et la barque pour qu'elle puisse sauter.

Elaine mit ses mains en porte-voix autour de sa bouche et cria, espérant attirer l'attention des vignerons. Puis elle agita ses bras au-dessus de sa tête. Bientôt la barque fut cachée par un écran de grands peupliers, et personne ne pouvait plus la voir.

Lentement, silencieusement, elle était emportée entre les rives verdoyantes, trop distantes pour qu'elle puisse espérer les atteindre si ce n'était à la nage. Le temps était calme et chaud, et elle ne s'inquiétait pas. Elle s'allongea dans le fond de la barque, les mains sous la nuque, pour contempler le ciel sans nuages et écouter le chuintement de l'eau sur les flancs en bois.

Elle était la Dame de Shalott de la légende du roi Arthur, transportée le long de la rivière jusqu'à la cité de Camelot, pour avoir commis la faute de regarder dans les yeux le fier Lancelot. Mais la Dame du poème était morte, et elle était bien vivante, et il lui fallait faire quelque chose pour se tirer de là.

Assise, elle vit que la barque se trouvait maintenant dans une partie de la rivière beaucoup plus large ; l'eau s'écoulait plus vite entre les rives abruptes. En se penchant par-dessus bord, elle essaya de pagayer tant bien que mal avec une main, afin de tourner l'avant de la barque vers une rive. Mais celle-ci était trop lourde, et ne réagissait pas le moins du monde à ses efforts. C'était tout aussi inutile d'essayer de pagayer des deux mains, car l'embarcation était trop large.

Elaine tenta de se rappeler comment se présentait la rivière en aval. Elle savait qu'elle s'élargissait, et qu'il y avait un déversoir un peu plus loin. Quand elle penchait la tête pour écouter, elle était sûre d'entendre, par-dessus le frôlement de l'eau et le bruissement des herbes sur les rives, un lointain rugissement de cascade.

La panique la submergea soudain. Elle se leva et évalua d'un coup d'œil la distance entre la barque et la rive la plus proche, puis ôta ses sandales et roula les jambes de son pantalon. Elle se tint un moment en position précaire sur le plat-bord du bateau et plongea dans l'eau miroitante.

L'eau tiède se referma sur sa tête, et l'odeur de croupi

des herbes aquatiques l'envahit. Elle fit surface, secoua ses cheveux qui avaient perdu leur ruban et se mit à nager vers le bord.

La distance n'était pas grande, à peu près la longueur d'une piscine, et elle était une nageuse suffisamment experte pour résister au courant. Ses genoux heurtèrent le fond de la rivière, et elle se redressa au milieu des longues herbes qui envahissaient les rives boueuses.

Elle s'assit sur le rivage herbeux et appuya sa tête sur ses genoux pour reprendre son souffle. Au bout d'un moment, son cœur s'arrêta de palpiter, et elle releva la tête. La barque avait disparu, emportée derrière un virage de la rivière.

Elaine se leva, pressa ses cheveux pour les essorer, et les rejeta en arrière en riant doucement à l'idée de son escapade. Quelle aventure pour un premier jour, et comme c'était typique de son caractère de se mettre dans une telle situation !

— Je suis content que vous en riiez ! fit une voix familière derrière elle ; elle pirouetta et vit Yvan à cheval sur une bicyclette.

— D'où venez-vous donc ? s'exclama-t-elle, saisie de stupeur.

— Je reviens de la vigne qui se trouve dans la boucle de la rivière. J'ai d'abord vu une barque vide dériver, et ensuite je tombe sur vous. Qu'essayiez-vous de faire, une noyade ?

— Non, il n'y avait pas de perche dans la barque, et je ne m'en suis aperçue qu'après avoir quitté la rive. Je n'ai pas pu l'arrêter ni la diriger vers la rive, je suis donc partie à la nage. De toute façon, je me demande s'il est possible de se noyer dans cette rivière. Elle n'est pas très profonde, et le courant est lent.

— Mon père s'y est noyé, dit-il, très calme.

Cela la fit sursauter.

— Oh, je ne savais pas... commença-t-elle.

— Il y a beaucoup de choses que vous ne savez pas, railla-t-il, et quand c'est ainsi au lieu de chercher à obtenir une réponse, vous élaborez des suppositions les plus saugrenues en croyant que c'est la vérité.

— Oh, vous n'êtes pas juste ! protesta-t-elle, surprise par son attaque brutale. J'ignorais les circonstances de la mort de votre père parce que vous ne m'en avez pas parlé. Vous avez toujours gardé le silence sur vous et votre famille !

— Parce que vous ne vous y intéressiez pas assez pour poser des questions, rétorqua-t-il.

— Cela m'intéressait ! cria-t-elle.

— Mais pas assez pour venir m'interroger sur le bien-fondé des accusations de Solange ! Pas assez pour me laisser la possibilité de m'expliquer, répliqua-t-il durement. Tout le monde a le droit de se défendre, mais vous ne me l'avez pas accordé. Mais non, quand vous avez découvert quelque chose que vous n'aimiez pas sur mon compte, quelque chose qui froissait votre orgueil, vous avez agi en enfant gâtée que vous avez toujours été ! Vous vous êtes enfuie, plutôt que d'assumer vos responsabilités d'épouse. Et vous continuez de refuser cette responsabilité.

Derrière elle, la rivière paisible glissait entre ses rives, et une alouette chantait en s'élevant dans le ciel. L'air chaud était lourd du parfum de milliers de fleurs, de la terre et des vignes mûrissantes, mais peu soucieux de l'harmonie qui régnait autour d'eux, ils se faisaient face comme des ennemis jurés de chaque côté du sentier pierreux.

— Responsabilité ! suffoquait Elaine. Ma responsabilité d'épouse : voilà le seul mot que l'on me brandit depuis mon retour. Si vous considérez que je suis une épouse aussi indigne, pourquoi ne divorcez-vous pas ?

Un moment, les longs cils d'Yvan voilèrent ses yeux bleus, tandis qu'il réfléchissait à ses paroles. Puis un faible sourire releva le coin de sa bouche.

— Parce qu'il est hors de question que je vous laisse vous marier avec quelqu'un du nom de Gerald ! répliqua-t-il, moqueur.

— Vous croyez pouvoir vous en tirer avec une boutade ! Mais ce n'est pas la bonne raison : la vraie raison est que vous voulez Chambourtin, et le testament d'oncle Armand vous en donne actuellement la moitié, rétorqua-t-elle.

Il la considéra attentivement, puis haussa les épaules comme s'il estimait qu'il perdait son temps de toute façon. Son regard glissa sur elle et s'attarda à la rose trempée agrafée sur sa poitrine.

— Vous êtes dans un état épouvantable, et vous sentez mauvais, dit-il, hors de propos.

— Oh, vous êtes trop aimable !

Elle fit volte-face et s'engagea sur le sentier ; à chaque pas les petits cailloux pointus pénétraient douloureusement dans ses pieds nus.

— Où sont vos chaussures ? cria-t-il, et elle se retourna.

— Je les ai laissées dans la barque quand j'ai décidé de revenir à la nage, répondit-elle en levant son menton dédaigneusement, et elle reprit sa marche pénible.

Yvan la rattrapa en poussant la bicyclette à la main.

— Vous n'auriez pas dû quitter la barque, c'est une règle de sécurité, la réprimanda-t-il. Il fallait rester dedans, vous auriez pu vous noyer.

— J'aurais pu me noyer également en passant le déversoir, répliqua-t-elle.

— Le déversoir, répéta-t-il, quel déversoir ?

— Celui qui se trouve un peu plus loin. Je l'entendais.

— Dans votre imagination, se moqua-t-il. Le seul déversoir se trouve à Loutin, à sept kilomètres d'ici. Avant d'y arriver, la barque se serait certainement échouée sur le rivage dans un virage, et vous auriez pu rentrer à pied au château avec vos sandales.

Elaine ne doutait pas qu'il eût raison. Ayant été élevé dans la région, il connaissait la rivière beaucoup mieux qu'elle. Une fois de plus, elle avait agi sur une impulsion irréfléchie, et il lui fallait maintenant marcher pieds nus sur ces pierrailles. Elle jeta un coup d'œil sur le côté. Au bord du sentier, il y avait une bande étroite d'herbe haute. Elle aurait moins mal en marchant là, se dit-elle.

— Si vous voulez vous asseoir sur le cadre du vélo, je vous ramènerai à la maison, offrit Yvan. Je n'ai pas le temps de rentrer à pied avec vous.

Elle regarda la belle machine moderne, rouge et argent, rutilant au soleil; ce n'était plus la même que l'année passée. Il avait toujours utilisé un vélo dans les vignobles; ainsi, il se déplaçait partout sans difficulté, tout en surveillant la propriété.

— Je peux me débrouiller toute seule, merci! répondit-elle avec raideur. Je ne veux pas vous retarder.

Elle repartit; elle se retint à peine de hurler en posant le pied sur un bâton pointu caché dans l'herbe, qui la transperça comme un couteau. Elle leva son pied pour examiner la blessure. La peau avait été déchirée, et le sang commençait à couler.

— Mon Dieu! cria Yvan. Comme vous êtes têtue! Et vous pensez toujours à vous d'abord. Vous ne prêtez jamais attention aux autres, ni aux ennuis que vous leur causez par vos actes stupides!

— Parfait! dit-elle, au bord des larmes, parce que son pied lui faisait très mal, et aussi parce que sa critique acerbe éveillait un écho dans son esprit. Continuez! Je suis égoïste, têtue et stupide, mais je ne vois pas comment j'ennuie les autres en rentrant à la maison à pied.

— Vous aurez les pieds ensanglantés, répliqua-t-il brièvement. Vous pourriez marcher sur une courte distance, mais pas pendant deux kilomètres et demi, et c'est environ ce qui reste à faire.

Il s'interrompit et ajouta plus doucement:

— Allons, Elaine, ce ne sera pas la première fois que nous montons à deux sur une bicyclette.

C'était vrai. Souvent avant leur mariage, et même après, il l'avait emmenée en amazone quand il la rencontrait en promenade dans la propriété. C'était peut-être le souvenir de cette époque qui l'emplissait d'appréhension, elle redoutait son contact physique depuis qu'elle avait découvert ce matin combien elle y était sensible.

Elle regarda le sentier qui s'étirait au bord de la rivière, en épousant les creux et les bosses du relief ; elle considéra la distance jusqu'au château, vit les petits cailloux pointus et brillants dans l'herbe, et elle imagina l'état de ses pieds en arrivant. Elle sentait la brûlure du soleil sur sa tête et ses bras nus, et se représenta l'épuisement qu'elle éprouverait à la fin de sa marche ; son opposition s'évanouit.

— Très bien, dit-elle froidement, et elle se percha sur le cadre du vélo.

Aussitôt Yvan enfourcha la bicyclette et s'assit sur la selle. Ses bras l'entourèrent en saisissant le guidon. Elaine sentait contre elle la chaleur de sa poitrine à travers l'étoffe légère de sa chemise.

Il posa son pied sur la pédale, et ils partirent.

4

Ils roulaient sous l'ombre changeante des peupliers et des saules, au bord de l'eau scintillante. Dans le ciel clair, l'alouette continuait de lancer son chant joyeux, et le soleil resplendissait dans un ciel sans nuages.

Le sentier escalada une petite colline, et Elaine entendit Yvan souffler péniblement en pédalant. Elle se dit qu'elle aurait dû lui proposer de descendre et de marcher, mais il était trop tard comme d'habitude ; ils étaient arrivés au sommet et redescendaient en roue libre, le vent de la course leur fouettant le visage.

Aujourd'hui encore, elle était la dame d'un conte de chevalerie : la Dame Elaine de Chambourtin. Elle venait d'être sauvée par un chevalier de la cour d'amour de la duchesse d'Aquitaine. Il l'avait prise en croupe sur son fier destrier et l'emmenait au château, où elle saurait le récompenser par une faveur.

Son élan imaginaire s'arrêta brutalement quand Yvan freina de manière inattendue ; elle fut projetée contre lui. Cela la tira de son rêve.

— Que se passe-t-il ? demanda-t-elle.

— Nous descendions beaucoup trop vite et nous aurions pu nous écraser en arrivant en bas, dit-il calmement, en reprenant sa course sur le sentier.

— Suis-je trop lourde ?

— Non. Vous êtes légère comme une plume, répondit-il, et il se mit à fredonner une petite chanson étrangement triste qui lui était vaguement familière.

— Quelle est cette chanson?

— On l'appelle « A la claire fontaine ». C'est très ancien. Elle m'est venue à l'esprit quand je vous ai vue dans la rivière.

Elle ne lui connaissait pas ce nouveau visage et elle fut intriguée.

— Dites-moi les paroles, demanda-t-elle.

— Seulement le premier couplet, consentit-il. Quand vous les entendrez, vous comprendrez pourquoi cela m'est venu à l'esprit.

> « A la claire fontaine
> M'en allant promener,
> J'ai trouvé l'eau si belle
> Que je m'y suis baigné. »

Traduits en anglais, les mots ne rendaient pas la poésie, pensa Elaine, souriant intérieurement, mais le sens était clair.

— Vous trouvez cela adéquat? demanda Yvan.

— Oui. Y a-t-il d'autres couplets?

— Oui, mais pas sur la baignade.

— Et sur quoi donc?

— Sur les amours passées. Il y a un refrain qui revient toujours, écoutez:

> « Il y a longtemps que je t'aime,
> Jamais je ne t'oublierai. »

La voix profonde, un peu essoufflée s'arrêta, et les mots résonnèrent dans l'esprit d'Elaine, tandis qu'elle contemplait le chemin devant eux: « il y a longtemps que je t'aime, jamais je ne t'oublierai ».

Les arbres, la rivière, le chemin, tout devint trouble devant elle et ses yeux se remplirent de larmes. Si seulement Yvan pensait les paroles qu'il avait prononcées ! Si seulement il les avait écrites dans la lettre où il lui demandait de revenir, elle serait rentrée immédiatement. Si seulement il l'aimait... mais c'était là un rêve impossible. Son cœur avait toujours appartenu à une femme du nom de Solange.

— C'est une jolie chanson, mais elle est triste, dit-elle.

— Oui, elle n'est pas très gaie. Mais c'est toujours triste de soupirer après un amour défunt. C'est aussi une perte de temps et d'énergie, répliqua-t-il non sans ironie.

— Et ce n'est pas votre genre, n'est-ce pas ? lança-t-elle, acerbe.

— Non, j'ai l'esprit pratique, et je crois à l'action, répondit-il en riant doucement.

Il n'était pas entré en action quand elle était partie neuf mois auparavant, il devait donc évoquer son aventure avec Solange. Quand son ancienne maîtresse était revenue, au lieu de perdre du temps et de l'énergie à regretter son mariage, il avait agi. Le mariage ne signifiait pas grand-chose pour lui, apparemment.

Pourtant ce matin, sa mère avait dit qu'il était malheureux. Pourquoi ? Qu'est-ce qui le rendait malheureux, si ce n'était pas le regret d'un amour passé ? Elaine fronça les sourcils en se rappelant qu'Yvan avait avoué s'être enivré la nuit précédant son retour. Si elle n'était pas tombée dans le fossé, elle n'aurait peut-être pas été avertie du changement d'attitude de son oncle à son égard. Elle serait maintenant de retour en Angleterre.

En résumé, cela signifiait qu'Yvan ne désirait pas son retour à Chambourtin, et c'était pour cela qu'il était malheureux. Mais tout en souhaitant l'écarter, il ne voulait pas divorcer non plus. Pourquoi ?

Pour elle, la réponse était claire et peu réconfortante. En tant que son mari, il avait une chance d'hériter d'une partie de Chambourtin : il n'avait donc aucun intérêt à

72

divorcer. Par ailleurs, si elle se trouvait loin, il pouvait voir sa maîtresse en toute liberté.

L'arrêt de la bicyclette mit fin provisoirement à ses pensées moroses. Elle constata qu'ils étaient arrivés à la jetée. Le chemin qui conduisait à la maison à travers les vignes devenait abrupt, desséché et pierreux. Yvan descendit de bicyclette et la poussa, une main sur le guidon, l'autre derrière la selle.

— Asseyez-vous sur la selle maintenant, je vais vous pousser. Le chemin est trop escarpé pour que je puisse pédaler, dit-il, tendu.

Elaine regarda son visage en descendant de vélo, mais comme à l'accoutumée, il ne trahissait rien de ses pensées. C'était difficile de s'imaginer qu'un instant plus tôt, il lui chantait une chanson d'amour. Elle remarqua seulement une expression de lassitude patiente qu'elle avait déjà constatée la veille dans les bois, quand il attendait sa réponse. Elle avait l'impression qu'elle lui était une source d'ennuis.

— Yvan, je sais que vous avez du travail... commença-t-elle.

— Alors, ne perdons pas de temps en discussions, l'interrompit-il brutalement. Montez sur la selle. Il faut que je passe à la maison de toute façon.

— Je peux pédaler moi-même, protesta-t-elle.

Il jeta un coup d'œil à ses pieds, puis fixa à nouveau son visage, en poussant un soupir exaspéré.

— Les pédales de cette bicyclette vous feront mal aux pieds. Et plus vite vous arrêterez de n'en faire qu'à votre tête, plus vite nous arriverons à un compromis.

— Un compromis ? répéta-t-elle. Oh, je doute que nous puissions arriver à un quelconque compromis. Vous êtes si intransigeant !

— Et vous, vous êtes vraiment trop écervelée, rétorqua-t-il. L'un de nous deux doit garder les pieds sur terre. Maintenant, montez sur la selle. Il est presque midi, et j'ai beaucoup à faire avant le repas.

Elaine regarda les pédales, puis le sentier. Il avait

raison évidemment, mais quelle arrogance ! Elle s'assit sur le vélo. Yvan commença à le pousser en tenant le guidon des deux mains. Elaine perdit son équilibre et dut s'agripper à sa chemise.

« … Ainsi Dame Elaine fit son entrée dans la cour du château de Chambourtin chevauchant le fidèle destrier de son chevalier, tandis qu'il le menait par la bride. Et toutes les dames, tous les chevaliers sortirent pour saluer son retour… »

Son rêve fut coupé net, car dans la cour, en fait de peuple la saluant, il n'y avait que le troupeau d'oies autour de la Renault rouge garée près de la mare.

— Oh, j'avais oublié la Renault, s'exclama Elaine tandis que la bicyclette s'arrêtait.

Elle lâcha l'épaule d'Yvan et glissa au sol.

— Je m'en doutais, commenta-t-il sèchement. Qu'allez-vous en faire ? dit-il en posant le vélo contre un mur. Il prit un grand mouchoir rouge et blanc dans sa poche, et s'épongea le front et le cou en sueur.

— Que voulez-vous dire ? demanda-t-elle.

— Ou bien vous la gardez en location… ce qui vous coûte de l'argent, ou bien vous la rendez à l'agence, répliqua-t-il, un peu impatienté, et il continua, moqueur :

— Encore une responsabilité, Elaine. Quelque chose qui vous oblige à prendre une décision.

— Y a-t-il un concessionnaire de l'agence proche d'ici ? s'enquit-elle.

— Comment le saurais-je ? Je ne loue jamais de voiture. N'avez-vous pas posé la question à l'aéroport ?

— Non, je n'ai pas pensé…

— Vous ne pensez jamais, se moqua-t-il.

— Oh, arrêtez de me taquiner, je m'attendais à repartir en Angleterre lundi, et à reprendre la direction de Paris demain après-midi.

— Et ce n'est pas ce que vous faites ?

— Bien sûr que non ! J'ai promis de rester aussi longtemps qu'il sera nécessaire, jusqu'à la mort de mon oncle, dit-elle, et sa voix devint un murmure comme elle prononçait ces derniers mots.

— Et ensuite ? insista-t-il.

Evidemment, cela l'intéressait de savoir si elle demeurerait plus longtemps.

— Je ne sais pas. Cela dépend... Oh, essayez de comprendre que je ne peux pas encore prendre une décision raisonnable à ce sujet. Il y a tant de choses en jeu...

— Si j'en juge par ce que je connais de vous, vous êtes incapable de prendre une décision raisonnable, dit-il cyniquement. Tout ce dont vous êtes capable, c'est de réagir de façon passionnelle à toutes les situations, qu'elles soient imaginaires ou réelles. Vous l'avez fait il y a neuf mois. Vous venez de le prouver une fois de plus en sautant du bateau.

Il fit un geste irrité avec sa main.

— Mais ce n'est pas le moment ni l'endroit pour en parler. Vous avez besoin de vous changer après ce bain dans la rivière, et je dois aller voir Paul Sévigny.

Il tourna les talons, et elle le suivit, mue par le désir soudain de l'apaiser et lui montrer qu'elle n'était pas toujours aussi étourdie.

— Yvan, je suis désolée de vous avoir ennuyé ce matin. Merci pour le transport en bicyclette.

Il se retourna vers elle, mais avant qu'il ait pu prononcer un mot, Marguerite sortit de la maison.

— Ah, Elaine, que vous est-il arrivé ? Pourquoi êtes-vous dans un tel état ?

— J'ai pris un bain forcé dans la rivière, dit Elaine, consciente qu'Yvan remontait sur son vélo et quittait la cour.

Elle expliqua à Marguerite ce qui était arrivé.

— Quel ennui ! gronda Marguerite, sévère. Vous êtes sans arrêt en train de faire des sottises, comme une enfant. Il est temps de grandir, ma mie. Mon Dieu, vous sentez la vase ! Montez tout de suite, et quittez ces vêtements nauséabonds. Marie vient de commencer la lessive, portez-les-lui. Vite, dépêchez-vous ! Armand est réveillé et vous demande.

Elaine se sentait comme une enfant prise en faute. Elle courut à sa chambre, fit glisser ses vêtements humides et enfila sa robe de chambre, puis retourna en bas à la lingerie où Marie triait du linge.

Ensuite elle prit un bain rapide, lava ses cheveux, s'habilla d'une jupe droite et d'un chemisier assorti et gagna la chambre de son grand-oncle.

Il n'avait pas changé depuis la veille, mais ses yeux la reconnurent quand elle lui parla, et il lui tendit la main.

— Alors, tu es enfin revenue, ma mie ! grogna-t-il. C'était méchant de t'enfuir ; mais maintenant, tu vas rester, n'est-ce pas ?

Embarrassée, Elaine regarda Marguerite.

— Il a oublié que vous êtes venue hier, murmura Marguerite. Ne faites pas attention ! Sa mémoire le trahit. Il va vous répéter toujours les mêmes choses. Il faut être patiente ; cela ne va pas durer longtemps.

— Oui, je vais rester, mon oncle, répondit Elaine d'une voix claire en lui pressant la main. Je vais rester avec vous.

— Et avec Yvan, avec ton mari ? Une femme doit rester avec son mari. Je n'aime pas ces mariages actuels où l'on va et vient librement. Tu m'entends, Elaine ? Je n'aime pas non plus ces jeunes femmes modernes, qui s'en vont dès qu'elles s'aperçoivent que le mariage n'est pas que baisers et caresses. Je veux t'entendre dire que tu vas demeurer avec lui et ne plus jamais t'enfuir.

Sa voix était beaucoup plus forte aujourd'hui, pensa-t-elle, et il était redevenu le grand-oncle qu'elle connaissait.

— Oui, je vais demeurer avec Yvan, dit-elle, consciente du regard pénétrant de Marguerite qui assistait à la scène.

— Eh bien, je peux maintenant reposer en paix, murmura Armand en fermant les yeux. Je me suis beaucoup inquiété à ton sujet, mon enfant. Je me préparais déjà à changer mon testament.

Il ouvrit les yeux et les fixa sur elle.

— Je vois ta chevelure briller au soleil. Tu es jolie, mais obstinée comme ta grand-mère. Elle voulait que tu aies Chambourtin. Je n'arrêtais pas de lui dire que c'était trop pour une petite fille comme toi, mais elle n'avait jamais compris combien j'avais de mal à entretenir cette maison.

Il referma les yeux.

— Tu n'en as ni la force ni la compétence, murmurat-il. Tu as besoin de quelqu'un comme Yvan, quelqu'un qui connaît les vignes. C'est un homme très bien, tu sais. C'est pour cela que j'ai fait cet arrangement.

— Quel arrangement, mon oncle ? demanda-t-elle, complètement déroutée par ses paroles confuses.

— Ton mariage, j'ai fait cela pour le mieux… C'était la seule façon… Je n'ai pas pu épouser Marguerite assez tôt pour avoir des enfants d'elle, c'était donc la seule façon, la seule façon…

Sa voix s'affaiblit et sa main se relâcha ; peu à peu ses dernières forces l'abandonnaient.

Elaine regarda Marguerite qui cousait près de la fenêtre et qui ne semblait plus s'intéresser à ce qui se passait près du lit. Doucement, Elaine retira sa main de celle d'Armand, se releva et alla se placer auprès de Marguerite.

Un moment, elle contempla la rivière aux reflets bleus et argentés entre les rives verdoyantes. Cela paraissait donc vrai que son mariage avait été arrangé, mais Armand l'aurait-il fait sans les encouragements de la femme froide et organisée qui en ce moment même cousait paisiblement ?

— Oncle Armand s'est endormi, dit-elle.

— C'est mieux ainsi. Bientôt il s'endormira pour toujours, soupira Marguerite. Ah, mon pauvre Armand, murmura-t-elle. Il a eu tant de malheurs dans sa vie et si peu de bonheur.

Elaine épia un moment son visage aux traits fins. Des questions se bousculaient dans son esprit, auxquelles il lui faudrait une réponse un jour ou l'autre. Peut-être aujourd'hui ?

— Ce matin, Yvan m'a dit que son père s'était noyé dans la rivière, hasarda-t-elle. Comment est-ce arrivé ?

Marguerite fut surprise. Elle leva la tête, arrêta son aiguille et reprit du fil avant de répondre.

— Vous vous souvenez de Jean ? demanda-t-elle.

— Pas très bien. Il ne venait pas beaucoup au château, n'est-ce pas ?

— Non, et quand il venait, c'était en général pour discuter avec Armand. Mais vous avez dû le voir dans les vignes.

Elaine réfléchit.

— Peut-être bien. Ressemblait-il à Yvan ?

— Oui, la même silhouette, les mêmes larges épaules, et les jambes robustes, mais différent de visage.

— Je m'en souviens un tout petit peu, mais il ne m'a jamais parlé.

— Non, c'était bien dans ses manières. Il n'aimait pas votre grand-mère, et vous considérait comme faisant partie du même camp.

— Pourquoi ne l'aimait-il pas ?

— Un jour, elle a été très incorrecte à mon égard, il l'a entendue et ne lui a jamais pardonné.

Elle souriait à ce souvenir.

— Il était férocement indépendant et républicain jusqu'à la moelle. Il n'aimait pas Eléonore car elle considérait les Saint-Vérain comme supérieurs à tous les vignerons alentour, uniquement parce qu'ils étaient installés ici depuis des centaines d'années.

— Cependant il ne rechignait pas à travailler avec oncle Armand, fit remarquer Elaine.

— Cela n'avait rien à voir, dit Marguerite. Sa noyade fut un accident. Chaque printemps, la rivière déborde, mais certaines fois, la crue est particulièrement violente. Il y a quinze ans, elle inonda le village. Jean alla aider à secourir des gens dans leurs maisons. Un enfant tomba d'une fenêtre dans le torrent qui dévalait la grande rue, et sa mère hurla à Jean de sauver l'enfant. Il essaya, et en se penchant hors de la barque pour l'attraper, il passa par-dessus bord et fut emporté, lui aussi.

— Quelle horreur ! s'exclama Elaine sincèrement. Vous avez dû être bouleversée.

— Oui. Jean était un homme parfait. Nous avons été très heureux ensemble, répondit Marguerite en reprenant son ouvrage.

— On m'a dit un jour... que vous l'aviez épousé par commodité, lança Elaine étourdiment, sans réfléchir.

— Bien sûr, dit Marguerite d'un ton égal. Je voulais vivre avec lui, et de mon temps, c'était plus facile à réaliser en étant mariée. Aujourd'hui, c'est différent.

— L'aimiez-vous ?

— Aimer ? Voyons, que veut dire « aimer » ? Est-ce une affaire d'opinion ? Une forte attirance magnétique entre deux extrêmes ? Une volonté de pardonner et d'oublier les fautes, d'accepter des changements ? Vous avez votre définition, j'ai la mienne. D'après la mienne, j'aimais Jean. Nous avons eu une vie commune agréable, et élevé une belle famille, deux filles et un fils.

Elaine détourna à nouveau son regard vers la fenêtre, en rassemblant son courage pour poser la question suivante.

— Tante Marguerite, pardonnez-moi cette question, mais je dois savoir. D'après votre définition, aimez-vous aussi mon grand-oncle ?

— Mais bien sûr ! Je ne le veillerais pas ainsi dans le cas contraire, ne pensez-vous pas ?

— Non, je suppose que non.

Elaine se mordit les lèvres, elle n'arrivait pas vraiment à trouver ce qu'elle cherchait.

— L'aimiez-vous avant de rencontrer Jean ?

Les beaux yeux sombres de Marguerite se levèrent pour croiser les siens. Elle ne souriait pas.

— Prenez une chaise, et asseyez-vous, mon enfant !

Je pense qu'il est temps de vous parler franchement, et de mettre au clair un certain nombre d'idées fausses, qui ont peut-être été mises dans votre tête par votre grand-mère, dit-elle.

— Oh, non, ce n'est pas elle. Elle ne m'a jamais rien dit sur votre compte, protesta Elaine rapidement, prenant la défense de sa grand-mère chérie. C'est quelqu'un d'autre, quelqu'un que j'ai rencontré après mon mariage avec Yvan.

Elle s'assit sur la chaise et se pencha en avant, les coudes sur les genoux et le visage dans ses mains.

— Je ne sais vraiment rien de vous tous. Voyez-vous, j'étais trop jeune pour prêter attention à cela quand je venais avec Grand-Mère. Et l'été dernier...

Elle s'interrompit. Pendant tout l'été, elle avait vécu ensorcelée par l'amour, aveugle et sourde au reste du monde.

— Eh bien, il faut que je commence au commencement, n'est-ce pas ? dit Marguerite gentiment. Dans ma jeunesse, j'ai fait des études d'infirmière. J'ai travaillé un moment dans un hôpital de Poitiers, et c'est là que j'ai rencontré Armand. Il était hospitalisé dans un service de chirurgie. Nous devînmes amis, et quand il partit après son opération, il m'invita à Chambourtin. J'en avais entendu parler, et j'étais naturellement très flattée d'être invitée au château. Mes parents n'étaient pas très contents cependant : Armand était beaucoup plus âgé que moi et vivait seul. J'ai été élevée dans la religion protestante, ma famille est huguenote, alors que les Saint-Vérain sont catholiques.

L'aiguille de Marguerite volait sur la broderie, et Elaine la suivait du regard, fascinée.

— Un jour où je vins au château, je rencontrai Eléonore avec son mari anglais et son petit garçon, votre père. Je sentis aussitôt qu'elle n'approuvait pas notre amitié, et elle montra clairement que je n'étais pas bienvenue ici parce que je n'étais pas assez bien pour son cher frère. J'en fus un peu blessée, et quand

Armand me réinvita, je n'y allai pas. Un jour, alors que je sortais de l'hôpital, j'eus la surprise de le trouver, il m'attendait dans sa voiture. Il m'emmena en promenade, au cours de laquelle il me demanda en mariage. Je refusai.

— Mais pourquoi ?

— J'avais rencontré quelqu'un qui me plaisait plus, un homme très différent d'Armand, plus fort, plus passionné.

— Jean Durocher ?

— Oui, c'était le cadet d'une famille de deux garçons. Son père possédait des vignes près de Bellic, rien à voir avec l'étendue de Chambourtin, mais un bon terroir qui produisait de beaux raisins. Les Durocher avaient la réputation d'être durs à l'ouvrage et de bien connaître la viticulture. Jean me demanda ma main et j'acceptai. Nous nous mariâmes dans ma ville natale, il y a quarante ans ce mois-ci.

— Et oncle Armand, qu'a-t-il fait, demanda Elaine, fascinée par l'histoire d'amour de Marguerite.

— Il nous envoya un merveilleux cadeau de mariage sans rien dire, au moins pendant un temps. Il avait des problèmes avec le vignoble. Comme il n'était pas robuste, il ne pouvait pas diriger la culture lui-même, et peu à peu la qualité du raisin s'en ressentit. Le cognac Saint-Vérain était en train de perdre sa place au palmarès des meilleurs cognacs du monde. C'est à ce moment-là qu'Armand se mit en contact avec Jean et lui offrit la direction du vignoble de Chambourtin.

— Etiez-vous contente ?

— Pour Jean, oui. Cela signifiait la reconnaissance de ses qualités et aussi un meilleur train de vie. Car bien que les deux frères eussent des parts égales dans l'exploitation du vignoble, il n'était pas assez important pour faire vivre les deux. L'offre d'Armand était un défi pour Jean. Il garda sa part dans la propriété Durocher, mais il vint travailler ici. Nous avons emménagé dans une petite maison où nos enfants sont nés par la suite.

Longtemps après, Armand me proposa d'être gouvernante au château, et encore beaucoup plus tard, trois ans après la mort de Jean, Armand me demanda en mariage. Après quelque hésitation, j'acceptai. Voyez-vous, ma chère, après toutes ces années où je l'avais refusé, il ne s'était jamais intéressé à aucune autre femme, et je pensais que je lui devais un peu de bonheur...

— Je comprends, dit Elaine.

Son cœur romantique était touché par l'histoire de la fidélité de son grand-oncle. Il était resté amoureux même après le mariage de Marguerite...

— Merci de m'avoir tout raconté. La personne qui m'en avait parlé s'était trompée : elle m'avait dit que vous aviez épousé Jean pour rester près d'Armand. Mais si Jean ne travaillait pas à Chambourtin quand vous l'avez épousé, ce n'est donc pas possible, n'est-ce pas ?

Les yeux de Marguerite se plissèrent, et ses lèvres s'incurvèrent en une expression sardonique qui lui donnait une ressemblance vague avec Yvan.

— Non, ce n'était pas cela, c'était même exactement le contraire. Une des raisons d'Armand pour embaucher Jean était que je viendrais vivre à Chambourtin, et qu'il pourrait me voir, au moins de loin. Il ne m'en a parlé que des années après. Celui ou celle qui vous dit autre chose a délibérément menti, peut-être pour me discréditer à vos yeux.

Elaine n'avait pas assez d'expérience pour cacher sa réaction et prétendre que c'était faux. Ses joues pâles s'empourprèrent, et son regard vacilla. Elle fixa ses mains et opina de la tête.

— Il serait intéressant de savoir pourquoi elle l'a fait. Marguerite se mit à rire.

— Vous voyez, j'ai deviné que c'était une femme. Seule une femme vous dira du mal d'une autre, c'est sa façon de se venger. C'est la façon de faire d'une femme qui a été repoussée.

Marguerite se mit à rire de nouveau en voyant le regard alarmé d'Elaine.

— Ne soyez pas si inquiète, dit-elle. Je ne suis pas une voyante, ni une sorcière. J'ai seulement beaucoup d'expérience. C'est Solange Bourget qui vous a parlé de moi, n'est-ce pas ?

Elaine ne put qu'acquiescer en silence, et cette fois-ci Marguerite ne rit pas mais soupira tristement.

— Je m'en doutais ; j'aurais dû vous en avertir. Sa soudaine amitié pour vous m'a contrariée. Mais vous aviez l'air si heureuse avec Yvan que je croyais que l'amour vous protégerait.

Marguerite haussa les épaules comme si elle ne voulait plus y penser. La fatigue tirait ses traits. En la regardant, Elaine sentit le remords l'assaillir et elle voulut se racheter d'avoir eu un préjugé contre sa belle-mère.

— Vous êtes épuisée, dit-elle. Si vous voulez vous reposer un moment, je veillerai mon oncle. Dites-moi seulement ce qu'il faut faire s'il se réveille.

— C'est gentil à vous, Elaine. La nuit a été mauvaise. Je vais suivre votre conseil, mais promettez-moi de me réveiller si quelque chose d'anormal se passait.

— Oui, je vous le promets.

— S'il se réveille, restez à côté de lui. Ecoutez-le, tenez-lui la main, témoignez-lui votre intérêt. S'il souffre, appelez-moi ou réveillez l'infirmière : elle dort dans la chambre à côté. Je vais dire à Jacques de vous apporter votre repas. Je crains que vous ne trouviez cela bien ennuyeux, vous qui êtes pleine de vie !

— Sans doute, accorda Elaine avec un sourire, mais il est temps que j'apprenne à faire quelque chose pour les autres.

Marguerite sourit et se pencha pour l'embrasser.

— Vous êtes ici, et nous sommes heureux que vous soyez revenue, nous tous, chérie. Et j'espère que vous disiez la vérité à l'instant en affirmant que vous alliez rester. Vous êtes chez vous ici, ajouta-t-elle doucement.

Elaine prit un magazine sur une étagère et se mit à le feuilleter. Elle se rendit compte bientôt qu'elle ne pouvait pas se concentrer et le reposa.

Son esprit était empli de pensées contradictoires. Ainsi, si elle avait connu la vérité sur le mariage de Marguerite avec Jean Durocher, elle aurait su que Solange mentait. Se serait-elle alors méfiée davantage des révélations de Solange ?

Sa pensée revint à la scène dans l'appartement. Elle se souvenait d'avoir mis en doute les paroles de Solange ; elle avait répété presque frénétiquement : « Je ne vous crois pas. » Ce fut seulement quand elle avait vu les gants et le briquet d'Yvan que sa confiance avait failli.

Elle ferma les yeux en ressentant à nouveau la douleur déchirante de ce jour-là. Marguerite avait espéré que l'amour la protégerait, mais ce n'était pas le cas. Elle avait été ulcérée parce que la seule personne en qui elle avait mis une confiance totale l'avait trahie, et si vite après leur mariage. Au lieu de la protéger, l'amour s'était transformé en haine ; elle avait voulu blesser Yvan. C'était pourquoi elle avait fui sans un mot d'explication. Mais elle espérait qu'il la suivrait, lui expliquerait la présence de ces objets chez Solange. Elle espérait qu'il lui jurerait son amour et lui demanderait de revenir. Il ne l'avait pas suivie, et rien n'avait été élucidé…

La porte s'ouvrit, et Jacques entra avec un plateau qu'il posa à côté d'elle. Elaine bavarda un moment avec lui. Quand il fut parti, elle fit honneur au repas exquis préparé par Berthe, la cuisinière. Il y avait un bol de délicieuse soupe vichyssoise, une salade de poulet, une compote de fruits et un petit pot de café.

Elle venait de finir son repas quand Yvan entra, drainant dans son sillage des senteurs de la vigne et de tabac. Il se tint près du lit, présence virile et troublante.

— Il dort paisiblement comme si ses ennuis étaient

enfin terminés, remarqua-t-il. C'est ce qu'il doit penser, puisque vous lui avez promis de rester ici.

Il lui jeta un regard de côté.

— Vous ne désirez pas que je reste, n'est-ce pas ? Vous ne vouliez pas du tout que je revienne.

— Qu'est-ce qui vous fait croire cela ? s'enquit-il.

— Vous ne vouliez pas m'accueillir à l'arrivée de l'avion.

— Qu'est-ce qui vous prend ? demanda-t-il durement. Je vous ai expliqué pourquoi j'étais en retard...

— Mais vous ne m'avez pas dit pourquoi vous vous étiez enivré !

— Seigneur, faut-il vraiment une explication ? J'étais avec un vieil ami, nous avons fait nos deux ans de service militaire ensemble. Je ne l'avais pas vu depuis longtemps. Je lui ai apporté une bouteille de cognac en cadeau, et nous l'avons bue entièrement pour la simple raison que nous étions heureux de nous retrouver.

— Mais hier, quand je vous ai demandé pourquoi vous ne m'aviez pas rattrapée, vous m'avez répondu que c'était la même raison qui vous avait poussé à boire, commença-t-elle.

— Il ne s'agissait pas de cela. J'ai dit que la réponse aux deux questions pouvait être la même, comme, par exemple, « je ne sais pas pourquoi »... Une fois de plus, chérie, vous vous laissez dicter votre conduite par des fantômes de votre imagination.

— Non, cria-t-elle, irritée. J'essaie d'établir la vérité ! Vous ne voulez pas de moi ici, et pourtant vous refusez le divorce. J'aimerais en savoir la raison, mais vous esquivez les questions.

— Chut, l'avertit-il, le doigt sur ses lèvres, vous allez troubler votre oncle. Ce n'est pas l'endroit idéal pour discuter de nos difficultés conjugales.

— Oh, vous, siffla-t-elle, en allant à la fenêtre.

Yvan la suivit, et dès qu'il s'appuya sur le rebord de la fenêtre, elle ressentit de façon intense sa chaleur et sa vitalité ; mais elle évita son regard.

Il garda le silence, et elle abandonna aussitôt sa posture dédaigneuse pour l'examiner avec curiosité. Les bras croisés sur la poitrine, il la contemplait avec des yeux brillants de dérision.

— « La Belle Dame Sans Merci », railla-t-il. C'est l'aspect que vous avez, avec votre nez en l'air, comme si vous étiez la châtelaine qui toise le paysan. Avez-vous décidé du sort de la voiture ?

Evidemment pas. Elle l'avait complètement oublié. Déconcertée par son commentaire, elle porta son regard dehors.

— Faut-il prendre une décision ?

— Autrement dit, vous ne l'avez pas fait, ironisa-t-il. Je peux peut-être vous aider. Il y a un concessionnaire à Angoulême ; je viens de l'appeler, et si vous voulez ramener la voiture cet après-midi, il a quelqu'un qui va à Paris demain.

— Vous tenez à ce que je m'en débarrasse, le défia-t-elle.

— Je suis un pauvre paysan rusé, répliqua-t-il avec l'air de se moquer de lui-même. J'essaie seulement de vous faire faire des économies. Si vous voulez aller quelque part, il y a d'autres voitures à votre disposition, même si vous comptez encore vous enfuir. Ne vous imaginez pas que je tiens à vous empêcher de partir, si vous en avez envie.

Il avait deviné exactement ce qu'elle avait dans la tête.

— Je ne peux pas aller à Angoulême cet après-midi. J'ai promis à tante Marguerite de veiller mon oncle pour qu'elle puisse se reposer, murmura-t-elle.

— Dans ce cas vous devez rester ici, évidemment. Je m'en occuperai ; je projetais d'aller à Angoulême en fin d'après-midi.

— Mais comment reviendrez-vous ici ? s'exclama-t-elle.

— Cela vous arrive donc de réfléchir, dit-il,

moqueur. Ne vous inquiétez pas, je trouverai bien un moyen de rentrer.

Il marqua une pause et ses yeux se rétrécirent.

— Si du moins j'ai envie de revenir. Si je décide de rester à Angoulême, je rentrerai demain, pas très tôt parce que c'est dimanche. C'est d'accord ? Je rends la Renault ?

— Oui, répliqua-t-elle, d'un ton vague.

Tout à coup, ce n'était plus la voiture qui la préoccupait, mais l'éventualité qu'il passe une nuit à Angoulême. Il n'y avait qu'un seul endroit où il pouvait passer la nuit, c'était l'appartement de Solange.

— Où sont les clés ? demanda-t-il.

— Dans la voiture, je suppose, à moins que Marcel ne les ait données à Jacques ce matin.

— Je vais aller voir, dit-il en quittant la fenêtre. Je vous souhaite un bon après-midi. C'est gentil à vous de vous en occuper pendant que ma mère se repose. A plus tard.

La dernière phrase lui rendit l'espoir.

— Plus tard ? Vous reviendrez donc ce soir ?

Il ouvrit la porte, sortit, puis se retourna vers elle, la main sur la poignée, avec un air de défi.

— Que vous importe ? dit-il doucement. Il est clair que vous préférez dormir seule. Au revoir, ma chère femme.

La porte se referma lentement derrière lui. En deux enjambées, Elaine l'atteignit prête à l'ouvrir à toute volée pour suivre Yvan. Le contact froid de la poignée l'arrêta, et elle se figea dans la posture où elle se trouvait.

Que dirait-elle si elle le suivait ? Qu'elle se moquait qu'il rentre ou pas ? Qu'elle ne voulait pas dormir seule, et qu'elle désirait partager le grand lit avec lui — qu'elle préférait que ce soit elle plutôt que Solange ?

Elle lâcha la poignée et revint s'asseoir. Elle se trouvait face à sa propre vérité : sa réaction à sa provocation était instinctive, comme d'habitude, mais elle comprit soudain pourquoi elle avait réagi de cette façon. Elle était jalouse, et seule une femme amoureuse pouvait se comporter ainsi.

Rien n'avait donc changé ; toutes ses tentatives pendant ces neuf mois pour oublier Yvan étaient inefficaces. Elle avait cru réussir. Elle pensait être amoureuse d'un autre homme. Pourtant, cela ne faisait pas vingt-quatre heures qu'elle était à Chambourtin, et déjà Yvan occupait toutes ses pensées. Grand, sensuel, énigmatique, il était entré dans sa vie l'année précédente, et l'avait faite sienne dans tous les sens du mot. Malgré tous ses efforts pour résister à sa domination, elle ne pouvait échapper à son attrait irrésistible.

— Elaine, tu es encore là ?

La voix d'Armand était un murmure.

— Oui, mon oncle.

Elle se pencha et prit sa main.

— Bien, je suis heureux que tu sois là. J'ai beaucoup à te dire. Cela concerne mon testament.

— Cela n'a pas d'importance, mon oncle. Vous n'avez pas besoin de m'en parler ; ne vous laissez pas troubler par ces idées.

— Mais si, c'est indispensable, insista-t-il, haletant. C'est pour cela que j'ai demandé à Marguerite de te faire venir. Je veux que tu demeures ici avec Yvan. Si tu t'enfuis ou si vous divorcez, mon plan aura échoué, et Chambourtin ira entre les mains d'étrangers. Elaine, tout dépend de toi. Je désire que tu préserves les traditions de notre famille. Mais tu ne peux pas le faire sans l'aide d'Yvan.

Il s'arrêta et s'éclaircit la gorge.

— Ne parlez plus, mon oncle, le supplia Elaine. Laissez-moi vous raconter mon travail, vous serez très contente de moi. Je commence à bien m'y connaître en vins, et Charles dit que je suis un bon dégustateur.

Il approuva en souriant doucement.

— Je suis heureux de l'apprendre. C'est le sang des Saint-Vérain qui se manifeste. Mais il faut que tu aies des enfants, Elaine. Si tu étais restée ici, tu serais enceinte maintenant, et j'aurais vu mon rêve se réaliser. Je ne m'explique toujours pas pourquoi tu es partie. Je ne comprends pas la façon de vivre des jeunes femmes d'aujourd'hui, mais tu es là à nouveau ; et s'il est l'homme que je crois, il ne te laissera plus repartir. Vis avec lui, et Chambourtin aura un héritier.

Il soupira tristement, et sa main se resserra faiblement sur la sienne.

— J'aurais aimé tenir l'enfant d'Yvan et d'Elaine dans mes bras, ma chérie, mais je sais que je ne serai plus là quand il naîtra.

Elaine avala sa salive et serra les lèvres, elle allait se mettre à pleurer.

— J'aimerais avoir un enfant un jour, murmura-t-elle, car elle savait qu'il attendait une réponse, et elle ne voulait pas faire de fausses promesses. Mais ce n'est pas toujours possible…

Il souleva sa tête de l'oreiller et la fixa.

— Qu'entends-tu par là ? Tu es une jeune femme saine, n'est-ce pas ? Et Yvan est un homme viril. Ne me dis pas que tu es frigide et que tu n'aimes pas faire l'amour, je ne te croirai pas. L'été dernier, je n'arrêtais pas de vous surprendre en train de vous embrasser et de vous câliner dans un coin, même avant votre mariage.

Sa tête retomba en arrière.

— Il n'y a rien d'anormal en toi, chérie, n'est-ce pas ? Mon Dieu, ce serait vraiment trop si tu étais stérile !

Elaine était soulagée qu'il n'y eut aucun témoin dans la chambre pour assister à leur conversation. Elle était écarlate. Personne, surtout pas un homme ne lui avait jamais parlé si franchement de la sexualité. Elle fut d'autant plus surprise d'entendre son grand-oncle tenir ces propos, qu'elle l'avait toujours considéré comme un homme prude.

— Non, je pense que tout va bien, murmura-t-elle.

— Mais tu n'en es pas sûre. Le Dr Sevrin devrait

t'examiner. J'ai entendu dire que l'on pouvait faire des tests de nos jours, suivre des traitements...

— Non, oh non, ce n'est pas nécessaire, s'exclamat-elle, horrifiée par ses suggestions. Il n'y a aucun problème de ce côté-là, je vous assure, mon oncle.

— Alors, pourquoi as-tu dit qu'Yvan et toi ne pouviez avoir un enfant ? Tu es ici avec lui : vous êtes mariés, vous êtes réconciliés. Qu'est-ce qui t'empêche de partager son lit et de...

Il fut interrompu par une quinte de toux.

Alarmée par la crise qui semblait grave, Elaine bondit sur ses pieds et se pencha sur lui :

— Je vous en supplie, mon oncle, ne vous énervez pas. Tout ira bien, je vous le promets. Yvan et moi aurons un enfant.

La toux s'arrêta, et il essaya de retrouver son souffle. Son visage avait pris une étrange teinte bleuâtre, ses lèvres étaient décolorées.

— Vous vous sentez bien ? Souffrez-vous ? demanda Elaine, affolée. Voulez-vous que j'appelle l'infirmière ?

— Non, non.

Les mains d'Armand s'agrippaient à elle avec une force surprenante.

— C'est passé... Cela va aller mieux... Maintenant que tu m'as donné ta parole... Vois-tu, si tu ne restes pas avec Yvan, mon rêve ne se réalisera pas.

Des larmes coulèrent soudain sur ses joues pâles.

— Quel rêve ? demanda-t-elle.

— Le rêve que je chéris depuis toujours : qu'un enfant naisse du sang des Saint-Vérain, de mon sang, et de celui de la femme que j'ai aimée. Elle a épousé un autre, vois-tu, elle a épousé Jean ; et il ne me restait plus qu'à l'adorer de loin, comme un chevalier dans les contes du Moyen Age. Te rappelles-tu, ma fille, les histoires que je te racontais sur les troubadours, à l'époque de l'Amour Courtois ? Ils chantaient toujours l'amour du chevalier pour la Dame qui a épousé leur Seigneur.

— Oui, mon oncle, je m'en souviens, dit-elle, soulagée qu'il ait changé de sujet. Mon préféré était le Roman de la Rose.

— Moi aussi, je l'aimais, murmura-t-il. Je vais dormir à présent, je suis très fatigué. Je peux me reposer maintenant que je sais que tu auras un enfant avec Yvan.

Il s'endormit, la main dans celle d'Elaine, et les minutes s'écoulèrent, paisibles, dans la chambre ensoleillée. Elaine restait silencieuse. Son esprit était bouleversé par la conversation avec son oncle : il s'était révélé romantique au sens le plus profond du mot. Il avait aimé Marguerite et respecté le serment qui la liait à un autre. Mais en même temps, il gardait l'espoir insensé d'unir leurs sangs, et le mariage de sa petite-nièce avec Yvan en était l'occasion idéale.

Quatre heures sonnèrent à la pendule, et Marguerite entra, suivie de Marie qui portait un plateau.

— Posez-le sur la table près de la fenêtre, Marie, dit-elle rapidement, et elle s'approcha d'Armand. Elle fronça les sourcils et prit son poignet de la main d'Elaine, pour tâter le pouls.

— Il est très faible, s'exclama-t-elle. Qu'a-t-il fait ? A-t-il parlé ?

— Oui, il a beaucoup parlé et s'est excité au sujet de son testament. J'ai essayé de l'arrêter, expliqua Elaine anxieusement. Ce n'est pas grave, n'est-ce pas ? J'ai fait de mon mieux, tante Marguerite.

— J'espère que vous n'avez pas discuté le testament avec lui. Il confond beaucoup de choses, déclara Marguerite en la regardant sévèrement.

— Non, mais il a insisté pour savoir pourquoi Yvan et moi n'avions pas d'enfant. Il prétend que son rêve ne se réalisera pas si nous n'en avons pas.

— C'est donc cela, soupira Marguerite en lâchant la main d'Armand, et son expression s'adoucit. Il en parle sans arrêt. Il s'imagine qu'il peut organiser vos vies. Pauvre Armand ! Il est si romantique. Mais venez, chérie, prenez un peu de thé! Je vois que cette conversation vous a éprouvée.

Elaine transporta sa chaise près de la fenêtre et regarda Marguerite servir le thé.

— Savez-vous ce qu'il y a dans son testament? demanda-t-elle.

— Non, il en fait tout un secret, bien qu'il en parle tout le temps. Il l'a rédigé l'année dernière, peu de temps après votre mariage. Pendant des années, il avait cherché le moyen de vous faire poursuivre les traditions des Saint-Vérain. Je sais qu'Eléonore l'ennuyait perpétuellement avec cela. Elle ne paraissait pas comprendre que les temps ont changé. Vous a-t-elle fait part de ses projets sur vous?

— Elle n'en a parlé qu'une fois, et je n'ai pas compris où elle voulait en venir; j'étais trop jeune à l'époque. Jusqu'en décembre dernier, je n'y ai jamais songé. Yvan connaît-il le contenu de ce testament?

Marguerite reprit son ouvrage.

— Peut-être, mais il ne m'en a jamais soufflé mot. Pourquoi ne pas l'interroger directement, si cela vous inquiète? suggéra-t-elle doucement. Maintenant que vous avez accompli votre bonne action, vous pouvez profiter du reste de la soirée et sortir un peu.

Elaine regarda sa montre: quatre heures et demie. Yvan n'était peut-être pas encore parti pour Angoulême.

— Oui, je veux bien. Vous reverrai-je au dîner?

— Non, ce soir je mangerai ici. Yvan et vous pourrez dîner en tête à tête, ou peut-être sortirez-vous manger dehors. Vous avez du temps à rattraper, tous les deux.

Elaine quitta la pièce rapidement, et descendit les escaliers quatre à quatre. Si elle n'empêchait pas Yvan de partir pour Angoulême, il n'y aurait pas de tête-à-tête avec lui ce soir, et elle ne pourrait pas poser toutes les questions qui se bousculaient dans son esprit. Le besoin de lui parler devint tout à coup désespérément urgent, et la poussa à se ruer dans la cour, maintenant plongée dans l'ombre.

Elle arrivait trop tard. La voiture était partie. Un instant elle envisagea d'emprunter celle de son oncle pour suivre Yvan à Angoulême et ainsi le prendre sur le fait dans l'appartement de Solange.

— Vous cherchez M. Yvan ?

Jacques était à la porte de la tour et l'examinait.

— Oui.

— Il est parti il y a environ une demi-heure. Il ne rentrera pas pour le dîner ; Berthe et moi allons également en ville. Il y a un film que nous voudrions voir, et comme vous êtes seule à manger ce soir en bas, nous souhaitions vous servir un peu plus tôt pour ne pas rater la première séance.

— Bien sûr ! Servez dès que vous le désirez. Je... je vais faire un tour dans le jardin. Appelez-moi quand vous serez prêt.

— Oui, Madame. Merci !

5

Une heure plus tard, Elaine s'installait à la longue table dans la salle à manger aux meubles élégants. Elle se sentait perdue et très solitaire. Il faisait encore clair, et à travers les grandes fenêtres qui donnaient sur la terrasse, les rayons dorés du soleil couchant faisaient étinceler l'argenterie et le bois ciré.

La nourriture était délicieuse, et Jacques surveillait le déroulement du repas comme si Marguerite ou Armand avaient été là. La déférence de Jacques augmentait sa sensation de solitude, elle avait l'impression d'être une intruse. De plus, un nouveau sentiment s'était emparé d'elle depuis que son oncle lui avait parlé de son rêve : elle se sentait piégée.

Piégée par le mariage avec un homme qui ne l'aimait pas, au nom du rêve fantasque d'un vieil homme.

Elaine leva son verre. C'était le troisième, se dit-elle, un de plus que ce qu'elle se permettait généralement, mais elle avait besoin d'une drogue pour oublier le filet qui s'était refermé sur elle.

Yvan éprouvait-il le même sentiment, lui aussi ? se demanda-t-elle vaguement. Etait-ce la raison pour laquelle il buvait trop parfois ? Quelle farce sinistre la vie leur avait joué à tous les deux !

— J'ai mis le plateau de café dans le bureau, Madame, annonça Jacques, et elle le dévisagea, consciente que le vin lui était monté à la tête, et que ses pensées étaient floues et sentimentales.

— Merci, Jacques, vous pouvez partir maintenant, dit-elle, et elle dut se retenir de rire en s'entendant parler.

Très formelle, très distinguée, la dame Elaine du Château de Chambourtin, qui dînait seule parce que son mari était allé voir sa maîtresse.

En gagnant la porte que Jacques tenait ouverte, elle eut l'impression de flotter.

— Bonne nuit, Madame, dit-il.

Elle lui adressa son sourire le plus ensorcelant :

— Bonne nuit, Jacques, passez une bonne soirée. Et elle flotta jusqu'au bureau.

Elle s'assit dans le fauteuil qu'Yvan avait occupé le soir précédent et contempla le plateau de café. Hier, il était là, il lui avait servi du cognac et était resté avec elle, en silence, il est vrai, mais au moins il était présent. Ce soir, il était à Angoulême avec Solange, alors qu'elle était seule ici, un peu ivre d'avoir trop bu et très malheureuse.

Elle versa du café dans une tasse et l'avala d'un trait. Quand elle reposa sa tasse, le silence de la maison parut l'engloutir.

Elle ne pouvait plus le supporter, il fallait qu'elle parle à quelqu'un. C'était le moment d'appeler Londres, il n'y avait personne pour l'écouter. Elle se leva et s'approcha du bureau, encore un peu étourdie. Elle n'eut pas de mal à joindre l'appartement de Gerald et s'assit sur le coin de la table en écoutant la sonnerie. Mais personne ne décrocha le récepteur, et elle entendit la standardiste l'informer qu'il n'y avait pas de réponse et qu'elle devait rappeler plus tard.

Elaine reposa lentement l'appareil. Gerald aussi avait dû sortir. Et pourquoi pas ? Après tout, on était samedi soir, et il pouvait être à un concert, ou dîner avec une autre femme... comme Yvan.

Elle se força à chasser ses idées sombres, reprit le

téléphone et demanda un autre numéro en Angleterre : celui de son cousin Charles. Au bout de quelques secondes, elle entendit avec soulagement la voix agréable de Jenny à l'autre bout du fil.

— Oh bonjour, Elaine, dit-elle, je me demandais quand nous aurions de vos nouvelles. Comment va votre grand-oncle ?

— Pas très bien. Je ne pense pas qu'il puisse durer encore très longtemps.

— Je suis désolée, c'est un homme tellement charmant.

— Jenny, je ne vais pas rentrer tout de suite. J'ai promis que je resterai jusqu'à la fin, cela peut arriver d'un moment à l'autre, on ne peut le savoir. Vous me comprenez, n'est-ce pas ?

— Evidemment, je comprends, ma chérie. Je le dirai à Charles, et il transmettra au bureau lundi matin.

— Merci. J'ai appelé Gerald pour l'en informer, mais il n'y avait pas de réponse.

— Non, cela ne m'étonne pas, répondit Jenny. Il a pris quelques jours de congé pour partir en croisière. C'est une décision de dernière minute, je crois. Il a dit qu'il irait peut-être en France. Lucy l'accompagne, d'ailleurs.

Lucy était la plus jeune fille de Jenny, elle avait un an de plus qu'Elaine.

— Oh, je vois, dit Elaine, l'esprit confus.

— Je pense qu'ils se sont décidés parce que le temps est si magnifique. Comment est-ce en France ?

— Très sec et torride.

— C'est bon pour les vignes, alors. Au fait, comment va Yvan ?

— Très bien, merci.

— Aucun espoir de vous remettre ensemble ?

— Oh Jenny, c'est impossible d'en discuter au téléphone comme cela !

Jenny prit un ton rassurant.

— Bien sûr, ma chérie, ne vous en faites pas pour

cela. Je me disais seulement que je serais si heureuse de vous voir réconciliés. Je suppose que vous nous écrirez pour nous tenir au courant de la santé de votre oncle. Sa mort va créer un bouleversement là-bas, car il n'a pas d'héritier direct, n'est-ce pas ?

— Oui, c'est sûr. Au revoir, Jenny.

— Au revoir, chérie, prenez soin de vous.

Elaine reposa le récepteur. Cette conversation, loin d'être satisfaisante, n'avait fait qu'accroître son sentiment de solitude. Tandis qu'elle était assise seule dans cette maison plongée dans le silence, tout le monde était dehors. Berthe et Jacques étaient au cinéma, Marie était probablement sortie, peut-être avec un ami. Gerald était au large de la côte française, sinon dans un port en compagnie de Lucy. Oui, elle avait souvent constaté combien Lucy s'intéressait à Gerald. Si elle n'était pas venue en France, elle aurait sans doute fait partie de la croisière. Il n'avait peut-être invité Lucy que pour la remplacer... Oh, cela n'avait aucune importance, car sa seule préoccupation réelle, son angoisse la plus déchirante était qu'Yvan passait la nuit avec Solange à Angoulême.

Elaine allait et venait, agitée, dans la pièce, en se demandant que faire. Il y avait un poste de radio mais pas de télévision, car oncle Armand n'en voulait pas. Elle alluma la radio, mais ne connaissant pas la fréquence des stations françaises, elle n'entendit qu'un mélange de musique ; elle l'éteignit rapidement.

Si Yvan et elle vivaient ici ensemble, ce ne serait pas aussi tranquille. Ils recevraient souvent ; ils auraient des enfants, des chiens ; la maison vibrerait de vie.

Elaine porta ses mains à son front : elle commençait à avoir mal à la tête. Le vin ne lui avait fait aucun bien, le café non plus. Elle retombait dans le sentimentalisme et laissait sa pensée créer des chimères. Yvan et elle n'auraient pas d'enfants, malgré les promesses faites à son oncle, parce que dans les circonstances présentes, elle ne resterait pas à Chambourtin.

Elle sortit dans le couloir, mais il n'y avait rien à faire là non plus. Quelque part, une horloge sonna l'heure : neuf heures. Il n'était pas tard, mais elle ferait aussi bien de monter se coucher plutôt que d'errer comme une âme en peine à travers la maison silencieuse.

Elle prit un autre bain, plus pour se détendre et se distraire que par nécessité. Elle resta un long moment dans l'eau parfumée, puis enfila une autre chemise de nuit que celle de la nuit précédente : en nylon noir, elle avait de longues manches serrées aux poignets par de minuscules boutons de perle ; l'encolure était carrée et le devant boutonné également jusqu'en dessous de la taille.

Quand elle fut vêtue, elle brossa longuement sa chevelure et mit une goutte de parfum derrière ses oreilles. Puis elle se contempla dans le miroir. Son corps blanc était une invite à travers le tissu transparent de la chemise de nuit et elle se dit qu'elle était très séduisante. Elle adressa une grimace à son reflet. A quoi cela servait-il d'être séduisante puisqu'elle allait dormir seule ?

Impatientée, elle éteignit la lumière et se posta à la fenêtre. Le clair de lune luisait sur le toit des vieux chais. Calme et chaude, imprégnée du parfum des roses, la nuit d'été était merveilleuse. Le seul bruit était un trille sans cesse recommencé, à pleine gorge, qui provenait du bouquet de bouleaux ; c'était le chant heureux du rossignol.

Sous le charme, Elaine se pencha à la fenêtre, mais peu à peu le chant de l'oiseau, le parfum des fleurs et le clair de lune réveillèrent son sentiment de solitude. Ce n'était pas une nuit à rester seule, c'était une nuit faite pour l'amour.

Avec un long soupir, elle s'éloigna de la fenêtre, rejeta draps et couvertures et s'allongea sur le lit. Elle demeura un moment calme et immobile, essayant de vider son cerveau de toute pensée. Puis soudain elle enfouit son visage dans l'oreiller et pleura toutes les larmes de son corps.

Elle s'endormit en pleurant, épuisée d'émotion. Ce fut le grincement de la poignée de la porte qui la fit sursauter. Sans bouger, elle resta étendue, la joue sur l'oreiller humide, en se demandant si elle n'avait pas rêvé. Elle faillit hurler, lorsque, se retournant, elle vit une ombre massive qui cachait le clair de lune.

— Qui est là? murmura-t-elle en s'asseyant d'un bond.

— C'est moi, Yvan, répondit l'ombre.

La voix était étonnée.

— Que faites-vous ici? demanda-t-elle, mal à l'aise…

— Je pourrais vous poser la même question, rétorqua-t-il avec un rire.

Il se déplaçait dans l'obscurité de la chambre, et elle s'aperçut qu'il se déshabillait.

— Vous avez proposé de dormir dans l'autre chambre, souvenez-vous! J'y suis allé pour prendre mon pyjama et j'ai trouvé le lit vide. Vous n'étiez ni en bas ni avec votre oncle, j'ai pensé que vous étiez sortie. Je suis venu ici pour me coucher.

Il s'arrêta, puis ajouta, moqueur :

— Votre présence ici signifie-t-elle que vous avez encore une fois changé d'avis, et que vous avez décidé de dormir avec moi? Vous voulez peut-être terminer ce que vous avez commencé ici même ce matin?

Le clair de lune dessinait vaguement la courbe de ses épaules et donnait un reflet argenté à ses cheveux.

— Je n'ai rien commencé ici ce matin, protesta-t-elle.

— Non? Oh, j'ai eu l'impression que vous vouliez faire l'amour, mais Marie est entrée à ce moment-là. Eh bien, si ce n'est pas ce que vous voulez, pourquoi êtes-vous dans ce lit et non dans l'autre?

Il était maintenant près du lit. Si elle tendait la main, elle pourrait le toucher. Le besoin de le toucher, de sentir sous ses doigts la masse dure de ses muscles lui causait une douleur au creux de l'estomac, mais elle ne voulait pas y céder. Elle irait dans l'autre chambre et il pourrait dormir seul.

Silencieusement, elle se glissa de l'autre côté du lit pour ne pas avoir à passer trop près de lui. Elle sentit le matelas s'affaisser sous son poids quand il s'assit, et son cœur bondit dans sa poitrine.

— J'avais oublié que j'avais fait cette suggestion, balbutia-t-elle. Je vais dans l'autre chambre.

Elle sauta du lit et se dirigea vers la porte. Yvan avait allumé la lampe de chevet et, la voyant partir, il se releva d'un bond. L'instant d'après il lui barrait le chemin.

Levant les yeux, Elaine rencontra son regard sous ses lourdes paupières. Il lui sembla y déceler une tendre moquerie. Mais elle ne voulut pas y croire. Ce n'était que le reflet de la lampe qui luisait dans ses iris.

— Laissez-moi sortir, pria-t-elle sans le regarder.

— Pas avant que vous ne m'expliquez pourquoi vous avez pleuré, dit-il doucement.

— Comment le savez-vous ?

— L'oreiller est mouillé.

Il prit son menton dans sa main et le souleva doucement pour mieux voir son visage.

— Et vos paupières sont gonflées. Qu'est-ce qui ne va pas, ma mie ? Pleuriez-vous parce que vous vous sentiez seule ? Vous pouvez sécher vos larmes, puisque je suis là à présent...

Ses bras l'entouraient, l'attiraient tout contre son corps. Elle sentit ses lèvres sur sa gorge, et la caresse familière la plongea dans le même émoi que le matin. Comme s'il se doutait qu'il avait le pouvoir d'éveiller ses sens et de l'amener sans peine à lui céder.

— Oh, arrêtez ! cria-t-elle, en le repoussant de ses poings. Ne me touchez pas, je ne peux pas le supporter, en sachant que vous avez été avec elle !

Il leva la tête mais ne la lâcha pas. Ses mains tenaient sa taille. Elle les sentait dures et possessives à travers le tissu léger de sa chemise de nuit.

— Vous savez avec qui j'étais ? Comment le savez-vous ? Je ne vous l'ai pas dit.

— Je n'ai pas besoin qu'on me le dise. Dès que vous avez parlé d'Angoulême, j'ai compris qui vous alliez voir. Vous étiez avec Solange, l'accusa-t-elle, hors d'haleine. Oh, comment osez-vous revenir ici, me prendre dans vos bras et m'embrasser, alors qu'il y a quelques instants encore, vous l'embrassiez, elle !

Les sanglots à peine réprimés la secouaient à nouveau. Yvan ne lui répondit pas immédiatement. Il se passa la main dans les cheveux d'un air assombri.

— Je n'étais pas avec Solange, dit-il calmement.

— Alors, vous étiez avec une autre femme... aaah !

Le cri lui échappa au moment où sa main lui heurtait la joue. Ce n'était pas une gifle, juste une légère tape de ses doigts ; mais pour Elaine, si vulnérable à tout ce qu'il disait ou faisait, c'était pire qu'un coup de fouet. La main sur la joue, elle le regarda, les yeux embués de larmes. Elle vit son visage durci, sévère.

— Pourquoi avez-vous fait cela ? murmura-t-elle d'une voix tremblante.

— Parce que je suis fatigué de vos insultes, rétorqua-t-il froidement.

Sa main lâcha sa taille. Il s'appuya sur le chambranle, croisa les bras sur sa poitrine et la considéra.

— Où avez-vous appris à être si injurieuse ? En Angleterre ? Avec vos amies de classe ? Ou avec ce Gerald à qui vous écriviez ce matin ?

— Injurieuse ? répéta-t-elle, ahurie.

— Oui, dans votre imagination, vous m'insultez sans arrêt. Croyez-vous que je n'ai pas ma fierté, ma probité ? Je ne suis pas le genre d'homme à courir après un jupon. Je n'étais avec aucune femme. C'est vrai que je suis allé voir Solange, car j'avais une question à lui poser. Mais Solange est à Paris, m'a dit le concierge. J'ai dîné dans un restaurant, et j'ai ensuite attendu Berthe et Jacques pour revenir avec eux dans ma voiture, que je leur avais prêtée.

Il reprit son souffle et exhala un long soupir.

— Et voilà ! Je viens de faire quelque chose pour vous que je n'ai jamais fait pour une autre. Je vous ai donné l'emploi du temps de ma soirée... et je suis revenu. Que pouvez-vous demander de plus, ma chère femme ?

— Mais si Solange avait été là, vous seriez resté avec elle, attaqua-t-elle. Et ce ne serait pas la première fois. Vous l'avez fait en décembre dernier, quand vous étiez censé être à Cognac.

— Vous savez cela uniquement parce qu'elle vous l'a dit. Vous l'avez crue sur parole... commença-t-il, la voix vibrante de colère.

— Non, non, ce n'était pas que sa parole, l'interrompit-elle vivement, il y avait des preuves. Vous avez laissé des gants et un briquet dans son appartement, je les ai vus.

Ses yeux s'élargirent. Il la fixa, incrédule, pendant quelques secondes.

— Donc, c'est là que je les ai oubliés. Je me le suis souvent demandé, fit-il enfin, et il rit assez tristement.

Il quitta le chambranle et fit quelques pas dans la pièce. Elle aurait pu sortir maintenant, mais elle ne le souhaitait plus. Au lieu de cela, elle se tourna vers lui. Il regardait dehors. Il était torse nu, et le reflet de la lune lui donnait une apparence de statue.

— J'aurais préféré que vous veniez me dire cela l'année dernière, dit-il doucement. J'aurais pu expliquer pourquoi les gants et le briquet étaient dans son appartement.

— Oh, je ne doute pas que vous ayez pour moi une explication toute prête, comme celle de ce soir. Et vous pensez que je l'accepterais sans poser de questions. C'est l'idée que vous vous faites du comportement d'une épouse, n'est-ce pas ? Elle doit tout subir sans broncher, y compris des mensonges !

La voix d'Elaine tremblait, mais au moins elle lui avait dit ce qu'elle avait sur le cœur depuis si longtemps.

Yvan se retourna vers elle si brutalement qu'elle se recroquevilla de crainte qu'il ne la frappe. Il la vit reculer, ses yeux se rétrécirent, et sa bouche se tordit.

— Non, je ne veux pas vous frapper. Je ne vais pas vous donner l'occasion d'ajouter la cruauté à la liste de vos griefs. Mon Dieu, comment en sommes-nous arrivés à une telle impasse ? Tout ce que je puis dire, c'est que je ne vous ai jamais menti au sujet de mes gants et de mon briquet, car tout simplement vous ne m'en avez pas laissé la possibilité. Vous vous êtes enfuie.

Il reprit son poste devant la fenêtre pour se calmer.

— Puis-je vous expliquer maintenant pourquoi mes gants et mon briquet étaient dans l'appartement de Solange ?

La tournure polie de sa phrase la glaça davantage qu'une colère éclatante. Entendait-il qu'Elaine s'était montrée injuste, en ayant refusé, neuf mois auparavant, de lui donner une chance de se disculper ? Elle ne méritait pas l'honneur qu'il lui faisait à présent, semblait-il dire par son attitude.

— Ici ? Maintenant ? murmura-t-elle mal à l'aise ; elle redoutait soudain ce qui allait suivre.

— Mais oui, y a-t-il un meilleur endroit que l'intimité de notre chambre ?

— Il est tard, et je suis fatiguée.

— Mettez-vous au lit, je vous promets que je ne serai pas long.

— Mais… commença-t-elle.

Elle n'en dit pas davantage ; il l'avait prise dans ses bras, et avant même qu'elle n'ait eu le temps de protester ou de se débattre, il l'avait déposée sur le lit sans cérémonie et rabattu sur elle draps et couvertures. Puis il s'assit tout près d'elle.

— Etes-vous bien ainsi ? Vous êtes prête à m'écouter ?

— Oui, murmura-t-elle, en tirant l'oreiller derrière sa tête. Je vous écoute…

— Eh bien, je vous en suis fort reconnaissant, railla-t-il. Il n'est jamais trop tard pour bien faire, comme dit le dicton. C'est la même chose pour le proverbe que je vous citais hier sur l'habit du moine. Vous devriez y réfléchir, car j'essaie de raccommoder nos relations, notre mariage, madame, que vous vous acharnez à détruire.

Le sarcasme la toucha, et elle sourcilla à nouveau. Il la rendait responsable, et il n'avait peut-être pas tort. Il avait aussi de bonnes raisons de raccommoder leurs relations, lui glissait une petite voix malicieuse, car le jeu en valait la chandelle pour ses intérêts.

— Comme vous le savez, j'avais passé quelques jours à Cognac en décembre dernier, pour une conférence, reprit-il calmement. Quand elle fut terminée, je me rendis à Angoulême pour visiter une petite galerie d'art où j'avais vu une exposition de paysages locaux. Je projetais d'en acheter un pour votre anniversaire. Solange entra pendant ma visite. Naturellement, je lui dis pourquoi j'étais là, je pensais qu'elle pouvait me conseiller. Elle me raconta qu'elle venait de finir un tableau de voiliers dans le port de La Rochelle. Je me souvins alors combien vous les aviez aimés pendant notre lune de miel là-bas, et j'allai au studio pour les voir. Je restai un moment à bavarder et à boire un café. Après tout, Solange et moi avons été bons amis autrefois...

— Plus qu'amis, amants, murmura Elaine, et les yeux d'Yvan prirent un éclat sauvage.

Il se pencha, menaçant, et son poignet emprisonna celui d'Elaine sur le drap.

— Allez-vous m'écouter jusqu'au bout? demanda-t-il à voix basse, et elle acquiesça tout en essayant de dégager son poignet. Il resserra son étreinte, et elle dut y renoncer.

— Je ne nie pas que j'ai eu une aventure avec elle autrefois, mais c'était une escapade de jeunesse vite oubliée. Solange a toujours eu un esprit libre, ambitieux et indépendant : elle est partie à Paris pour étudier les arts, et nous nous sommes perdus de vue. Je ne l'avais pas revue depuis presque dix ans quand elle est réapparue l'automne dernier.

Il haussa les épaules, comme pour se débarrasser de son image.

— Mais revenons au tableau. Il me plut, et je l'achetai. Si vous ne me croyez pas, il est là dans le placard, encore emballé ; il attend votre prochain anniversaire, si toutefois vous êtes là. Dans ma hâte de rentrer à Chambourtin, j'ai dû laisser mes gants et mon briquet chez elle.

Des moustiques attirés par la lumière, étaient entrés par la fenêtre ouverte et se heurtaient à l'abat-jour. Yvan atteignit l'interrupteur et éteignit la lumière. La chambre fut plongée dans l'obscurité. Le rossignol émit un dernier trille et se tut.

— Me croyez-vous ?

Yvan se pencha vers elle, et elle sentit son souffle effleurer sa joue. Sa main caressait son poignet et envoyait une décharge de plaisir sensuel le long de son bras.

Cette sensation était un avertissement. Il recommençait, il utilisait la faiblesse de ses sens comme une forme de persuasion, à l'instar de l'an dernier quand il l'avait attirée dans le piège du mariage. Il essayait maintenant de la convaincre de ne pas divorcer.

— Mais Solange prétend que vous l'aimez encore, et que vous êtes allé la voir plusieurs fois depuis son retour, affirma-t-elle, glaciale.

— Elle ment, Dieu seul sait pourquoi, répondit-il avec amertume.

— Reconnaissez que ce n'est pas simple pour moi de savoir lequel dit la vérité, se plaignit-elle. Elle a sa version, vous avez la vôtre. Comment savoir que vous ne mentez pas ?

Furieux, il lui saisit les bras et la secoua violemment.

— Pourquoi vous mentirais-je, je vous le demande ? cria-t-il en colère, son visage tout près du sien.

Elle entendait les battements précipités de son cœur.

— Yvan, s'il vous plaît, lâchez-moi, souffla-t-elle, redoutant ses réactions dictées par la colère.

Elle essaya de se libérer, mais il s'appuya de tout son poids sur son corps, l'immobilisant sur le lit, et lui prit la gorge d'une main.

— Non, vous n'allez pas vous échapper encore une fois, murmura-t-il. Dites-moi ce que je gagnerais d'après vous en vous racontant des mensonges.

— Vous… Vous avez dit vous-même que vous voulez garder notre mariage intact.

Elle frissonnait, en se demandant s'il avait la moindre idée de la force de ses doigts qui risquaient de lui couper le souffle pour toujours. Le poids de son corps sur le sien commençait à éveiller en elle une chaleur sensuelle, qu'en dépit de tous ses efforts, elle ne parvenait pas à maîtriser.

— Qu'y a-t-il de mal à cela ? s'exclama-t-il. Je vous donne une explication que j'aurais pu vous fournir l'année dernière si vous me l'aviez demandée. Je vous dis la vérité et vous ne me croyez pas. Pourquoi ?

Ses doigts s'arrondirent autour de sa gorge, mais leur toucher était maintenant plus subtilement dangereux ; ils caressaient lentement sa peau et envoyaient des frissons de plaisir délicieux dans tout son corps.

— Parce que vous savez ce que contient le testament de mon oncle, riposta-t-elle. Vous m'avez épousée parce qu'il vous a acheté !

— Allons, vous vous leurrez, ma mie, railla-t-il doucement, et ses lèvres descendirent dans le creux de sa gorge.

Elle respira l'odeur de terre de ses cheveux qui lui balayaient le visage. Elle ferma les yeux et serra les poings pour ne pas répondre à la provocation de ses doigts et de ses lèvres.

— Comme votre cœur palpite, murmura-t-il. Vous avez peur, et il y avait de quoi tout à l'heure. Des femmes ont été étranglées pour moins que cela. Mais laissez-moi vous dire ceci : vous refusez de me croire car vous cherchez une excuse pour mettre fin à notre mariage. Vous vous êtes enfuie l'an dernier parce que vous vous êtes aperçue que vous ne supportiez pas de vivre avec moi, et les mensonges de Solange vous ont fourni le prétexte de repartir en Angleterre, pour retourner auprès de Gerald. Vous le connaissiez avant notre rencontre, n'est-ce pas ?

A son grand soulagement, il s'assit. Il s'appuya sur le coude au-dessus d'elle pour la contempler. Mais ses doigts restaient sur sa gorge, glissant insidieusement vers ses seins, et elle essaya de les repousser. Mais il saisit sa main et la maintint serrée dans la sienne.

— Oui, je connaissais Gerald. Il travaille pour Charles. Depuis son divorce, il est souvent venu à Ashleigh. Il... il m'invite souvent à faire du bateau, à jouer au tennis, à écouter des concerts.

— Ce doit être un charmant gentleman, remarqua-t-il avec un soupçon de moquerie. Et il est sans doute plus à votre goût qu'un vulgaire viticulteur français. Vous nous avez mis en balance, et il a gagné ; alors vous êtes partie dans l'espoir que j'accepterais de divorcer.

— Non, oh non, cela n'a rien à voir avec mon départ, répliqua-t-elle, en comprenant qu'il venait de retourner la situation à son avantage et que, au lieu d'admettre ses torts, il la condamnait, elle. Je ne vous ai pas quitté à cause de Gerald.

— Alors, quelle est cette cause ? demanda-t-il rudement. Pourquoi n'êtes-vous pas venue me voir d'abord ? Pour l'amour de Dieu, Elaine, pouvez-vous me donner une seule bonne raison de votre fuite ?

Elle retira sa main et se couvrit le visage pour lui cacher la douleur qui se peignit sur ses traits au seul souvenir de la scène dans l'appartement de Solange.

— Je ne sais pas, je ne peux pas vous répondre, gémit-elle. Oh Yvan, je vous en supplie, ne faites pas cela.

Ses mains quittèrent son visage pour empêcher Yvan d'ôter les boutons de sa chemise de nuit.

— Je vous en prie… je ne veux pas… je ne peux pas.

— Mais tu aimes cela, chérie, tu le sais, murmura-t-il, en faisant glisser la chemise de nuit sur son corps. « Ah, comme tu es blanche au clair de la lune, blanche et froide comme la neige. »

— Lâchez-moi, supplia-t-elle dans une plainte, se tordant pour essayer de s'éloigner.

Elle savait que sa résistance à ses caresses faiblissait dangereusement, et que son corps renaissait à la vie, à la vie joyeuse et passionnée.

Il la saisit et s'allongea à côté d'elle pour mieux l'étreindre.

— C'est donc seulement depuis que tu es loin de moi que tu as voulu ce Gerald, suggéra-t-il méchamment, parce que tu avais envie de ceci, et de ceci…

Elle sentait son corps vibrer en réponse à ses caresses, et elle se crispa pour tenter d'échapper à ses doigts.

— Je ne l'ai pas voulu, cria-t-elle. Oh, je ne sais pas ce que je veux, grogna-t-elle, désespérée.

— Mais moi, je le sais, chérie.

Le rire d'Yvan étouffé dans l'épaisseur de ses cheveux, était triomphant, et l'indignation la suffoqua devant son insoutenable arrogance.

— Laissez-moi partir ! fulmina-t-elle, le frappant avec ses poings. Je ne veux pas dormir avec vous. Je vous hais, je veux aller dans l'autre chambre.

— Non, tu ne le veux pas, tu seras toute seule là-bas et tu auras froid. Tu as froid même ici, alors que la nuit est tiède. La haine t'a refroidie, tu es comme un petit glaçon. Laisse-moi te réchauffer, te faire fondre.

— Yvan, non…

Sa protestation s'interrompit, car sa bouche s'était emparée de la sienne, et elle reconnut qu'elle n'avait plus envie d'être seule et d'avoir froid.

Elle répondit d'abord timidement à son baiser, puis elle s'accrocha à lui, affamée, levant les bras pour le caresser et éveiller sa passion comme il soulevait la sienne. Tous les désirs inassouvis des neuf derniers mois se déchaînaient en elle. Sa chaleur tout contre elle était comme du feu sur de la glace et la faisait s'épanouir. Puis sa chaleur fut en elle, et elle céda enfin ; elle ne se souciait plus où elle était, heureuse seulement d'être avec lui.

Quand ce fut fini, le plaisir et la satisfaction demeurèrent, comme un souvenir de la délicieuse sensation qui se répandait dans son corps. Elle se blottit contre lui et sentit ses lèvres effleurer sa peau, l'explorant doucement jusqu'à ce qu'elles rencontrent à nouveau sa bouche.

Ils s'endormirent enfin, enlacés, dans le fatras de draps froissés, leurs vêtements de nuit ayant depuis longtemps glissé sur le sol. Elaine dormit tard et ne s'éveilla que lorsqu'elle sentit une main fraîche toucher son épaule nue. La pièce était baignée des premières lueurs de l'aube. Le souvenir de cc qui s'était passé dans la nuit lui revint à l'esprit, et pourtant elle sentait le froid du lit bien qu'elle fût enfouie sous les couvertures.

— Elaine, réveillez-vous !

C'était la voix de Marguerite. Elle se retourna brutalement et vit qu'elle était seule dans le lit.

— Mais, où est Yvan ? s'exclama Elaine, en se couvrant d'un drap.

Il était parti sans la réveiller.

— J'ai dû le réveiller plus tôt, pour l'envoyer chercher le Père Gosselin, expliqua Marguerite doucement.

Son visage était plus marqué que jamais, et la fatigue avait laissé des cernes bleus sous ses yeux. Le Père Gosselin était le prêtre de la paroisse, et le fait que Marguerite ait dû l'appeler ne signifiait qu'une chose : l'état d'Armand avait tellement empiré dans la nuit qu'il avait reçu les derniers sacrements.

— Mon oncle ne va pas bien ? demanda Elaine dans un murmure.

— Chérie, il faut que je vous dise... Il nous a quittés il y a quelques minutes. Il est mort en paix.

Les yeux de Marguerite étaient calmes et sans larmes.

— Ne vous désolez pas trop, il ne l'aurait pas voulu. La mort est venue pour lui comme un grand soulagement, et vous êtes arrivée à temps pour lui offrir un peu de bonheur. Voulez-vous vous lever et descendre prendre votre petit déjeuner ? Marie rentre chez elle le dimanche, et je n'aime pas donner à Jacques et à Berthe trop à faire pendant leur journée de repos. J'ai besoin de votre aide, chérie. Il faut effectuer tous les arrangements pour les funérailles.

— Ne vous inquiétez pas, tante, dit-elle impulsivement, je vous aiderai.

— Merci, chérie, je savais que je pourrais compter sur vous.

Dès que la porte se fut refermée sur Marguerite, Elaine sauta du lit. Elle se vêtit rapidement d'un chemisier blanc et d'une jupe bleu marine. En attachant ses cheveux, elle regarda dehors. La matinée sentait l'automne, pensa-t-elle. La rosée s'accrochait à la vigne vierge et faisait étinceler chaque fil d'araignée. Il y avait quelques feuilles mortes dans la cour, et elle sut qu'il y aurait des champignons dans les bois. L'année précédente, un samedi matin comme celui-là, elle était partie avec Yvan ramasser des chanterelles mordorées, et avant leur retour tard dans l'après-midi, elle lui avait promis de l'épouser.

Un mouvement dans la cour attira son attention. Le prêtre en soutane noire venait d'apparaître, suivi par Yvan. Ils se dirigeaient vers la voiture de ce dernier.

A sa vue, le cœur d'Elaine battit à tout rompre. Sa main se porta involontairement à sa gorge, et elle sentit un frisson la parcourir. « Tu as peur », s'était-il moqué la nuit dernière quand ses mains serraient sa gorge.

Bouleversée par tous les souvenirs de ce qui s'était passé dans cette chambre, surtout par la tendre violence de leur amour, elle le vit faire le tour de la voiture et s'arrêter face à la fenêtre où elle se trouvait.

Il sortit les clés de sa poche, ouvrit la portière et marqua une pause pour regarder vers la porte de la tour. Elaine retint son souffle, souhaitant qu'il dirige les yeux un peu plus haut vers elle à la fenêtre. Il s'adressa à quelqu'un à la porte, puis entra dans la voiture sans même jeter un regard vers elle.

Déçue, Elaine rentra dans la chambre. La vue de sa chemise de nuit la mit en rage, car une fois encore, Yvan n'avait eu aucun mal à la séduire, sans doute délibérément. Il espérait qu'en se croyant aimée et désirée, elle oublierait ses soupçons.

Mais pourquoi donc l'avait-elle laissé faire ? Elle s'en voulait terriblement, et jeta la chemise de nuit en boule dans un tiroir comme si elle n'en supportait pas la vue. Pourquoi avait-elle accepté la seule chose qu'elle voulait éviter ? Cela n'avait rien arrangé. C'était vrai qu'il avait expliqué la présence de ses objets personnels dans l'appartement de Solange, mais elle était toujours persuadée qu'il avait inventé cela pour préserver leur mariage. Et ceci dans le but d'hériter de Chambourtin.

Rapidement, elle remit le lit en ordre, puis quitta la pièce où elle avait cédé, non pas à Yvan, mais à la faiblesse de son corps. Elle descendit à la cuisine, où Jacques, silencieux et triste, lui servit son petit déjeuner.

Après cela, elle rejoignit Marguerite dans le bureau, où elle dressait une liste de personnes qu'il faudrait informer de la mort d'Armand.

— Ce sera très simple, il l'a demandé expressément, et il n'y aura pas de fleurs. Aussi dites-le à tout le monde, expliqua-t-elle en lui tendant la liste. J'ai déjà contacté les pompes funèbres qui viendront ce matin. Essayez de joindre Emile Léger, le notaire d'Armand, au sujet du testament : il possède toutes les copies à son étude.

Marguerite soupira en se levant.

— J'ai bien peur qu'un dimanche d'août ne soit pas un très bon jour pour mourir.

Deux heures plus tard, après avoir donné une douzaine de coups de téléphone et rayé un certain nombre de noms sur la liste, Elaine fut tentée de penser la même chose. Il était midi. Le soleil avait depuis longtemps séché la rosée, et la journée était calme, sans vent et sans nuages comme la veille.

— Venez manger, chérie.

Marguerite venait d'apparaître à la porte.

— Oh oui, avec plaisir, dit Elaine en s'étirant. Je ne pensais pas que téléphoner puisse être aussi fatigant. Les gens sont tous partis, en plus. Mais on ne peut pas leur en vouloir, il fait si beau.

— Et je suppose que vous aimeriez bien sortir un peu aussi, dit Marguerite, en se dirigeant avec elle vers la salle à manger. Vous aurez peut-être un peu de temps cet après-midi.

La table était mise pour deux personnes, remarqua Elaine en s'asseyant, et elle se demanda pour la énième fois où était Yvan.

— Yvan ne mange-t-il pas avec nous ? demanda-t-elle, en essayant de rendre sa voix aussi naturelle que possible.

— Mais non, répondit Marguerite, en dépliant sa serviette, tandis que Jacques posait un plat de concombres devant elle. Il est allé à Bellevigne. Il ne vous l'a pas dit ?

Bellevigne était la propriété des Durocher, Elaine le savait. Elle se trouvait à une cinquantaine de kilomètres à l'est, vers Angoulême. Elle savait aussi qu'Yvan avait hérité de la part de son père, et qu'il avait travaillé là-bas un moment avec son cousin Guy, avant de reprendre le poste de Jean Durocher à Chambourtin.

— Non, répliqua-t-elle, aussi froidement qu'elle le put. A-t-il dit quand il reviendrait ?

— Mardi matin. C'est une période chargée en ce moment. Les vendanges vont bientôt arriver. Si vous n'aviez pas été là, il serait resté pour m'aider, mais votre présence lui permet de se consacrer davantage à ses propres affaires.

Elaine fronça les sourcils et reposa sa cuillère. Il y avait encore un mystère à éclaircir, et elle ne savait trop comment s'y prendre sans trahir son ignorance totale des affaires d'Yvan. Elle finit par décider qu'elle ferait mieux de dire la vérité.

— Tante Marguerite, je ne comprends pas. Quelle affaire Yvan a-t-il à Bellevigne ? Je pensais que c'était son cousin Guy qui s'en occupait.

— Plus maintenant. Guy n'a jamais été très intéressé par la culture des vignes et il n'avait pas les connaissances d'Yvan. Yvan lui a racheté sa part au printemps dernier avec ce qu'il avait gagné ici à Chambourtin. Il possède maintenant tout Bellevigne et y vit depuis six mois.

Marguerite ne semblait pas trouver étrange qu'elle eut à expliquer à la femme de son fils ses activités depuis six mois.

— Ah, je ne le savais pas, dit Elaine à voix basse, en se rappelant la raillerie d'Yvan au sujet de son ignorance. Il ne m'en a pas parlé.

— Il pensait peut-être que cela ne vous intéressait pas, commenta Marguerite froidement. Quand je lui ai suggéré ce matin de vous emmener à Bellevigne, il m'a raconté que votre réconciliation n'était qu'un faux-semblant pour rendre votre oncle heureux, et que la mort d'Armand y mettait fin. Je dois vous remercier, ma chère, pour m'avoir soutenue dans mon petit mensonge. Je sais que cela l'a aidé à mourir en paix.

Elaine sentait des frissons la parcourir comme si elle avait la fièvre ; elle luttait pour conserver une apparence calme et posée comme sa compagne, et continua de manger le jambon et la salade qu'on lui avait servis. Comment avait-elle été si naïve pour oublier que ce n'était qu'une comédie ?

— C'était la moindre des choses, expliqua-t-elle

poliment, mais elle était encore sous le coup de la surprise.

La veille, en bicyclette, Yvan se comportait encore en maître des lieux, c'était du moins l'impression qu'il lui avait donné.

— Yvan ne travaille-t-il plus pour mon... je veux dire, pour Chambourtin ?

— Non, il a quitté la société en mars, à l'expiration de son contrat. Paul Sévigny l'a remplacé. Ne l'avez-vous pas encore rencontré ?

— Non.

— C'est un jeune homme très agréable. Il habite avec sa femme Annette dans la maison où Jean et moi vivions autrefois. Ils ont deux petits enfants. Evidemment, Yvan s'intéresse toujours aux vignes, et quand il vient me voir, il fait toujours un tour de bicyclette pour inspecter, comme avant. Ma chérie, vous avez l'air stupéfaite.

— Je le suis, admit Elaine misérablement. Vous avez parlé d'une société. Quelle société ?

— La société Saint-Vérain, bien entendu, à qui appartient Chambourtin et la distillerie de cognac.

— Mais je pensais que c'était oncle Armand qui était propriétaire de Chambourtin !

— Seulement dans la mesure où il possédait des parts dans la société. Elle a été fondée à l'époque dont je vous ai parlé, lorsque les vignes ont commencé à péricliter. Armand a compris alors que c'était une trop lourde charge pour lui de relever l'industrie. La société a été créée pour diriger toutes les opérations, depuis la plantation des graines, la culture et la taille des vignes, les vendanges jusqu'à la distillation du vin, sa fermentation dans des fûts de chêne et la mise en bouteille.

— Je vois, dit Elaine à voix basse. Je n'étais au courant de rien. Vous devez penser que je suis bien stupide.

— Mais non, fit Marguerite gentiment. Vous êtes encore très jeune et peut-être pas très intéressée par le monde des affaires. Et c'est aussi la faute d'Armand. Il vous parlait d'art et de musique et vous racontait des contes de la chevalerie. Les affaires ne le passionnaient pas non plus, et c'est pourquoi il a abandonné le vignoble. C'est la maison qu'il aimait, et il y a investi toute sa fortune. En fait je ne serais pas surprise si l'on s'apercevait à la lecture de son testament, qu'il laisse des dettes, et qu'il n'y a pas grand-chose à hériter. Avez-vous pu joindre Emile Léger ?

— Non, pas encore, répondit Elaine avec une voix étouffée. S'il n'y a pas grand-chose à hériter, tante Marguerite, qu'allez-vous faire ?

— Tout est prévu, l'assura Marguerite vivement, je retourne à La Rochelle, où je suis née. J'adore la mer et elle m'a toujours manqué ici. Je n'attends rien du testament d'Armand. Jean m'a laissé de quoi vivre et je prendrai un appartement sur le vieux port. Je serais près de Paulette, ma fille aînée. J'espère que vous viendrez me voir, Elaine.

— Merci, cela me ferait plaisir.

Elaine se tut, effondrée. Marguerite n'avait pas mentionné Yvan dans l'invitation, qui n'était d'ailleurs qu'une formule de politesse.

— Si vous voulez m'excusez, je vais me reposer un peu, dit Marguerite en se levant. Je n'ai pas beaucoup dormi la nuit dernière. Pouvez-vous vous occuper des derniers appels téléphoniques ?

— Oui.

— Surtout, ne restez pas enfermée tout l'après-midi. Vous êtes encore toute pâle.

6

Elaine retourna dans le bureau et essaya de donner les coups de téléphone dont elle s'était chargée, mais au bout de trois tentatives, elle s'aperçut qu'elle ne faisait pas attention à ce qu'elle disait, et qu'elle ne savait pas plus qui venait aux funérailles.

Son esprit était trop préoccupé par ce que Marguerite lui avait appris au déjeuner. Elle voulait se retrouver au calme, et bien réfléchir au sens de ces révélations.

Elle bondit de sa chaise à sa manière impulsive et sortit sur la terrasse. L'air était chaud et lourd, et de gros nuages s'assemblaient à l'horizon.

Il ferait meilleur dans les bois, se dit-elle. D'un saut, elle passa par-dessus la balustrade, et elle fut bientôt à l'ombre des chênes, que l'on plantait spécialement pour la fabrication des tonneaux. Elle savait au moins cela, même si elle ignorait que la propriété n'appartenait plus à Armand. « Il y a beaucoup de choses que vous ne savez pas. » Le sarcasme d'Yvan lui revenait à l'esprit. « Et quand vous ne savez pas, au lieu de demander… vous devinez et prenez ensuite cela pour la vérité. » Ces phrases la hantaient.

C'était vrai qu'elle ne l'avait pas interrogé, mais pas pour les raisons qu'il avançait. Elle ne s'était pas préoccupée du métier d'Yvan, de l'argent, des héritages ou des ambitions, jusqu'au jour où elle s'était trouvée dans l'appartement de Solange. Et elle avait été si bouleversée qu'elle avait pris la fuite sans plus s'informer.

Sa réaction avait été celle d'une adolescente. Elle n'avait pas supporté la destruction de son rêve romantique où elle apparaissait comme l'unique amour d'Yvan, et elle lui avait refusé la possibilité de s'expliquer.

Elle s'assit sur un tronc d'arbre. Le soleil filtrait à travers les feuilles.

Après tout, il avait eu sa chance de s'expliquer hier soir, et il avait affirmé également ses droits conjugaux.

Elle eut chaud tout d'un coup au souvenir de la passion qui avait jailli entre eux la nuit dernière. Elaine cacha son visage dans ses mains. Ici même, dans ce bois, Yvan lui avait fait la cour. Là elle avait appris pour la première fois de sa vie ce que c'était, de désirer un homme, et elle l'avait prié de lui faire l'amour. A sa grande surprise, il s'était reculé et lui avait tourné le dos, la tête dans les mains, tout comme elle aujourd'hui.

— Je ne peux pas, avait-il dit.

— Tu veux dire... que tu ne m'aimes pas assez ?

Il l'avait regardée longtemps en silence, et s'était assis à côté d'elle, enroulant une mèche de ses cheveux autour de son doigt.

— Non, il ne s'agit pas de cela ; je ne peux pas avant que nous soyons mariés.

Elle eut peine à le croire. Au fond de son cœur, elle avait toujours espéré qu'un homme l'aimerait suffisamment pour la demander en mariage avant de vouloir coucher avec elle, mais elle ne pensait pas que ce serait cet homme-là. Le premier qu'elle ait aimé, le premier qu'elle ait désiré physiquement, le premier qui lui ait appris la beauté de la passion.

La joie l'avait submergée, et elle s'était jetée dans ses bras. Renversé sur le sol par son élan, il la tenait serrée contre lui, et riait de son innocence.

— C'est vrai, Yvan ?

— C'est vrai, Elaine. Pourquoi doutes-tu de moi ?

Comme sa position lui laissait nettement le dessus,

elle avait pris son temps pour étudier son visage, suivant le tracé de son sourcil avec un doigt, puis le long de l'arête de son nez où elle posa un baiser.

— Eh bien, je sais que tu as eu beaucoup de bonnes amies, dit-elle.

— Ah bon ? Qui te l'a dit ?

— Jeanne Sorel.

C'était à l'époque la femme de chambre du château.

— Alors tu parles de moi avec la domestique, gronda-t-il avec une férocité feinte.

— C'est elle qui en parle ; elle a un faible pour toi, répliqua-t-elle, contente de pouvoir le taquiner. Tu es très beau, tu sais, mon amour, et tu as ce « je ne sais quoi » qui attire les femmes.

— Et les adolescentes qui servent à la maison, murmura-t-il sèchement. Mais pourquoi le fait que j'ai beaucoup d'amies met-il en doute ma demande en mariage ?

Elaine rougit.

— Je ne suis pas très jolie et... je n'ai pas d'expérience... je veux dire... je n'ai jamais vraiment connu un homme... et je ne sais pas grand-chose sur l'amour.

Sa voix faiblit jusqu'à n'être plus qu'un murmure, et elle enfouit son visage devenu écarlate au creux de son épaule.

Il resta silencieux un moment, en caressant ses cheveux. Puis il la repoussa des deux mains, l'étendit sur le doux coussin de mousse, et se pencha sur elle.

— Pour moi, tu es très jolie, avec tes cheveux d'or, ta peau blanche et tes yeux sombres et veloutés comme des pensées, dit-il doucement. Quant au reste, je suis bien content qu'il n'y ait eu personne avant moi. Apprends donc, ma petite, qu'aucune des femmes que j'ai connues n'est comparable à toi, et c'est pourquoi je te demande de m'épouser. Mais pourquoi pleures-tu, ma mie ? T'ai-je fait de la peine ?

— Non, oh non, je suis si heureuse.

Elle mit ses bras autour de son cou et attira son visage tout contre le sien.

Il sécha ses larmes avec ses lèvres, et sa bouche rencontra celle d'Elaine.

— Eh bien, si tu es heureuse, moi aussi, dit-il quelques minutes plus tard en l'aidant à se relever, et ils rentrèrent bras dessus bras dessous au château.

Armand avait été enchanté de la nouvelle. Marguerite, Elaine s'en souvenait maintenant, avait manifesté plus de réserve. C'était à cause de l'insistance d'Armand qu'ils s'étaient mariés à l'église. Elaine, pour sa part, ne s'en préoccupait guère. Tout ce qu'elle voulait, c'était être avec Yvan. Son amour était totalement possessif et égoïste : à présent, elle en avait conscience. Elle avait été aveugle à ce qui se passait autour d'elle, et n'avait jamais remarqué que pas une fois Yvan ne lui avait dit qu'il l'aimait.

Il ne le lui avait pas dit non plus la nuit dernière. Pour lui, le mariage était une commodité, un arrangement qui lui donnait certains droits, et il les réclamait sans hésitation quand l'occasion s'en présentait, comme hier soir.

Oh, elle ne niait pas qu'elle l'avait désiré et qu'elle en avait tiré du plaisir, comme aux premiers temps de leur mariage, mais elle gardait encore quelques soupçons.

Tout s'était déroulé de façon tellement différente de ce qu'elle avait prévu en quittant Londres vendredi matin ! Elle était persuadée ce jour-là qu'elle avait suffisamment de volonté pour résister à sa domination. En fait, elle savait instinctivement qu'une rencontre avec lui serait dangereuse, et c'était la raison pour laquelle elle était restée éloignée neuf mois. Mais pendant tout ce temps, son image n'avait pas cessé de la hanter.

Elaine se leva et prit le chemin du retour. Elle se disait qu'elle ne souhaitait pas vraiment épouser quelqu'un d'autre. En comparaison d'Yvan, Gerald n'était rien. Peu lui importait que Gerald ait invité Lucy en croisière. Mais elle ne pouvait rester insensible si Yvan allait retrouver une autre femme : elle était furieusement jalouse ; même maintenant ses poings se serraient dans ses poches.

Là était le problème. Pouvait-elle rester la femme d'Yvan, si elle savait qu'il pouvait toujours y avoir une Solange en arrière-plan, et s'il n'était pas prêt à tout lui dire sur lui-même ? Pouvait-elle vivre avec lui sachant qu'il ne l'avait pas épousée par amour, mais pour faire plaisir à son oncle qui voulait un enfant de leur mariage ?

Un enfant ! Elaine s'arrêta brutalement et porta les mains à son ventre, comme si elle s'attendait à sentir un renflement sous ses doigts. Le cœur battant, la bouche sèche, prise de panique, elle resta immobile dans le silence des bois.

La nuit dernière, ils n'avaient pris aucune précaution. Ils s'étaient unis parce qu'ils se désiraient l'un l'autre. Ils s'étaient conduits comme s'ils s'aimaient réellement, et elle pourrait bien être enceinte.

Incapable de supporter cette pensée, elle se mit à courir sur le sentier jonché de feuilles mortes et sortit au grand soleil. Le souffle court, les joues ruisselantes de sueur, elle traversait la pelouse située sous la terrasse, quand elle entendit le téléphone sonner. Elle courut à la porte-fenêtre du bureau, se précipita sur le bureau et décrocha.

— Ah, bonjour, madame Durocher, Emile Léger à l'appareil, dit une voix masculine assez froide. J'ai appris la mort de M. Saint-Vérain, et j'en suis bien navré. Je crois que vous avez essayé de me contacter.

— Oui. Ma belle-mère, Mme Saint-Vérain m'a demandé de le faire, car vous détenez tous les exemplaires du testament de mon grand-oncle.

— C'est exact. J'ai là une copie sous mes yeux, madame, et, bien que ce ne soit pas l'usage de lire un testament au téléphone, je suppose que vous désirez savoir s'il a laissé des instructions particulières pour ses funérailles.

— Euh... oui... s'il vous plaît, répondit Elaine.

— Normalement, je devrais me rendre à Chambourtin à cet effet, mais c'est dimanche et nous avons des invités. J'espère que vous voudrez bien m'en excuser. Je viendrai demain matin, et je souhaite que Mme Saint-Vérain, votre mari, vous-même et les membres de la domesticité soient présents, car vous êtes tous bénéficiaires. Il a demandé d'être enterré dans le caveau des Saint-Vérain au cimetière de Saint-Augustin. Pas de fleurs, selon sa volonté, et juste une petite réception où tous les assistants recevront un verre de cognac Saint-Vérain. Voilà, c'est tout. A quelle heure désirez-vous me voir arriver demain matin, madame ?

— Onze heures ? suggéra Elaine.

— Parfait. Ce ne sera pas long ; M. Saint-Vérain avait peu de chose à léguer puisque Saint-Vérain est la propriété de la société maintenant... et, je vous demande pardon ?

— J'ai demandé si la société possédait aussi le château ?

— Oui, bien que cela ne soit pas connu. M. Saint-Vérain ne désirait pas divulguer le fait qu'il ne pouvait plus l'entretenir. La société lui en a laissé l'usufruit. Vers la fin, votre oncle souffrait de troubles de mémoire, et il pensait qu'il pouvait encore en disposer à son gré. Il souhaitait ajouter un codicille à son testament, pour laisser le château aux enfants issus de votre mariage avec M. Durocher. J'ai eu toutes les peines du monde à lui faire changer d'avis.

— Voulez-vous dire que le codicille n'a jamais été ajouté ?

— C'est cela, madame. C'était inutile, voyez-vous, puisqu'il ne possédait plus le château. Tout ce qu'il avait à léguer, ce sont ses parts dans la société, quelques meubles et divers objets ; mais vous saurez cela demain. Au revoir, madame.

— Au revoir.

Elaine reposa le récepteur et se prit la tête dans les mains. Pas étonnant que Marguerite lui ait confié ses doutes sur l'héritage ! Elle eut envie de parler à Yvan. Elle chercha dans le carnet près du téléphone, espérant trouver le numéro de Bellevigne. Il n'y était pas. Elle jeta le carnet et prit l'annuaire, à la page des Durocher. Aucun ne semblait habiter Bellevigne.

Dans le vestibule, elle hésita. A qui demander le numéro ? Elle décida de s'informer auprès de Jacques plutôt que de déranger Marguerite. Elle le trouva dans la cour assis dans un vieux fauteuil, assoupi, un journal sur les genoux. Il sursauta quand elle lui adressa la parole.

— Que puis-je faire pour vous ? demanda-t-il.

— Pouvez-vous me donner le numéro de téléphone de Bellevigne ?

— Non, Madame, car il n'y a pas encore le téléphone.

— Oh, quel ennui ! Il faut absolument que je joigne M. Durocher. Il doit être ici demain matin quand le notaire viendra.

— Puis-je vous conseiller d'y aller vous-même avec la voiture de M. Saint-Vérain ? J'ai les clés dans la cuisine.

— Mais je ne suis pas sûre de trouver Bellevigne, dit Elaine prudemment.

— Prenez la route comme si vous alliez au village de Chambourtin, mais au lieu de traverser le pont, suivez le chemin de terre qui longe la rivière. Il n'est pas très bon mais il est plus direct que la route nationale. Au bout de plusieurs kilomètres, vous arriverez à une route étroite qui part en angle droit de la rivière. Bellevigne se trouve au bord de cette route, après le village de Bellic.

— Comment la reconnaîtrai-je ? demanda-t-elle.

— C'est une jolie maison blanche au milieu d'un bouquet de cyprès. Je crois que le nom Durocher est écrit sur la boîte aux lettres au début du chemin. Je vais chercher les clés, Madame.

— Oui, merci.

C'était une bonne idée d'aller voir où il habitait, et ils pourraient peut-être se parler de façon plus satisfaisante, maintenant qu'ils se connaissaient mieux. Elle obtiendrait sans doute les réponses aux questions qui la tenaillaient. Pourquoi Yvan l'avait-il épousée, si ce n'était pas pour l'héritage ? Il avait déjà une propriété pourtant, qu'il avait achetée avec son propre salaire.

Mais pourquoi fallait-il qu'elle ajoute foi aux propos de Solange ? En effet, depuis son retour elle avait appris bien des choses qui démentaient ses affirmations de l'an dernier. Elle s'était trompée sur Marguerite, sur le véritable propriétaire de Chambourtin, et sans doute aussi sur les raisons réelles du mariage d'Yvan avec Elaine Cooper.

Elle s'aperçut qu'elle allait traverser le pont et freina brutalement, en cherchant des yeux le chemin de terre. C'était plus un prolongement du chemin de halage qu'une route, tout juste de la largeur d'une voiture, mais la sécheresse de l'été l'avait rendu tout à fait carrossable.

Enfin, elle atteignit la jonction avec le chemin perpendiculaire à la rivière où elle s'engagea. Il était droit et bordé par les traditionnels peupliers. Des deux côtés, les champs de céréales alternaient avec des terrasses de vigne. Elle passa devant un groupe de maisons aux couleurs pastel et une église cachée par des cyprès et des peupliers. C'était Bellic. Elle commença à chercher la petite maison blanche à l'écart de la route.

Elle dépassait un champ de choux, au milieu duquel se dressait une vieille abbaye au toit de tuiles ocre, quand, à sa grande surprise, la voiture parut s'arrêter. Elaine appuya sur l'accélérateur, et l'auto bondit, s'arrêta, repartit. Un rapide coup d'œil à la jauge d'essence lui montra que le réservoir était vide, et elle se gara prudemment sur le bord de la route.

Elle resta assise un moment, en proie à l'envie de rire. C'était bien d'elle de partir sans vérifier qu'elle avait assez d'essence pour faire tout le trajet. La pompe la plus proche devait se trouver dans le village, mais elle aurait plus vite fait maintenant de marcher jusqu'à Bellevigne.

Ce fut seulement quand elle sortit de l'auto qu'elle s'aperçut que le temps avait changé. Les nuages lourds qu'elle avait vus tout à l'heure étaient devenus de gros champignons d'un gris menaçant qui commençaient à obscurcir le soleil.

La marche aurait été agréable si l'air n'avait pas été si chaud et humide, et elle apprécia l'ombre des peupliers. Tout était calme et silencieux ; il n'y avait pas d'habitation en vue, seulement des rangées de vignes des deux côtés, qui ployaient sous le poids des grappes mûrissantes.

Soudain elle entendit le grondement du tonnerre. En se retournant, elle vit un gros nuage noir bordé d'un liséré orange inquiétant qui cachait totalement le soleil. Elle craignait de plus en plus d'être gagnée de vitesse par la pluie.

Elle atteignit l'extrémité d'un sentier étroit juste au moment où le tonnerre grondait de nouveau, et où de grosses gouttes de pluie commençaient à tomber sur la route. C'était bien là, le nom de Durocher était inscrit en blanc sur la boîte à lettres. Elle leva son sac à main au-dessus de ses cheveux pour tenter de les protéger et se mit à courir.

Le chemin montait, et elle dut ralentir pour reprendre son souffle à plusieurs reprises. Au-dessus d'elle, des éclairs déchiraient le ciel, et le tonnerre roulait sans arrêt. La pluie tombait si fort que des ruisseaux commençaient à se former sur les bords du sentier. Quand Elaine arriva enfin dans la cour pleine de flaques, ses vêtements et ses cheveux étaient trempés et ses pieds pataugeaient dans ses sandales.

Elle vit une porte surmontée d'un petit toit de tuiles et s'y précipita pour trouver un abri et reprendre son souffle. La Citroën grise stationnait devant un bâtiment de la ferme, et cela la rassura. Yvan devait être dans la maison ou non loin de là.

Elle se tourna vers la porte. Celle-ci était ancienne, munie d'un loquet qui se soulevait. Elle frappa, personne ne vint. Elle ouvrit la porte et pénétra dans un large passage aux murs et au sol de pierre.

— Yvan ! appela-t-elle et s'engagea dans le couloir.

Elle entendait un bruit d'eau qui coulait. Il semblait venir d'une pièce sur la droite. Elle regarda par la porte ouverte : c'était une grande salle qui devait servir de cuisine. De grosses poutres de chêne soutenaient le plafond, et des tresses d'oignons dorés, des bouquets d'herbes séchées et des jambons y étaient suspendus. Un énorme foyer de cheminée occupait un des murs de pierre. Deux vieux bancs de bois sombre et poli par l'usage se trouvaient de chaque côté. Sur une longue table en bois, elle vit les restes d'un repas : la moitié d'une miche de pain, du beurre, du fromage, une assiette sale et un couteau, une bouteille de vin et les morceaux d'un verre cassé. A côté des débris, il y avait une petite mare de vin rouge.

Elaine fut paralysée un moment par la vue du verre cassé et de la tache de vin. Puis elle tourna son regard vers la fenêtre sous laquelle elle vit l'évier, et devant l'évier, Yvan. Inconscient de sa présence, il tenait sa main sous le robinet d'eau. Ses cheveux étaient en désordre comme s'il était sorti par grand vent, et il jurait à voix basse.

— Oh, que t'es-tu fait ? demanda-t-elle, en accourant vers lui.

A ce moment-là, elle se sentit faiblir en voyant l'entaille dans sa main : elle était située entre la partie inférieure du pouce et la paume, un endroit qu'elle savait être dangereux.

Il sursauta comme si on l'avait frappé et se tourna vers elle, ébahi, tandis que l'eau continuait de couler sur sa main.

— Comment diable es-tu venue ici ? demanda-t-il

rudement, puis il porta son autre main à son front. Mon Dieu, ne me dites pas que j'ai des visions, je n'ai tout de même pas bu tant de vin, ajouta-t-il moqueur.

Elaine le regarda attentivement, elle vit la lourdeur de ses paupières, le pli déplaisant de sa bouche et sentit son haleine imprégnée de vin.

— Non, tu n'as pas de visions, dit-elle.

Elle devait crier pour dominer le bruit de l'eau, et elle ferma le robinet.

— C'est bien moi. Je suis venue avec la Peugeot, et j'ai marché.

— Décide-toi, tu ne peux pas avoir conduit et marché à la fois.

Son regard allait de sa personne à sa propre main blessée.

— J'ai conduit d'abord, et ensuite j'ai marché. Je suis tombée en panne d'essence…

— Ha !

Son éclat de rire avait quelque chose de démoniaque, et il fut ponctué d'un éclair qui illumina la pièce.

— Typique ! Typique ! Tu ne réfléchis jamais.

— Yvan, es-tu ivre ?

— Peut-être… un peu. Ceci m'a un peu dessoûlé, dit-il en montrant sa blessure.

Elle avait l'impression que sa vie s'échappait en même temps que son sang.

— Il faut bander ta main, s'exclama-t-elle frénétiquement. Où est ta pharmacie ? As-tu des pansements ? Il faut arrêter le sang. Oh mon Dieu, si nous n'y parvenons pas, tu vas mourir !

— Tu t'en moques éperdument, lança-t-il méchamment.

— Oh non ! Loin de là ! Yvan, dis-moi où tu as de quoi te soigner, n'importe quoi pour arrêter le sang, pour que je puisse t'emmener à un hôpital où on te recoudra cette entaille.

— Peu importe, cela ne fait rien, murmura-t-il. Et il n'y a pas de pansements.

126

— Mais tu devrais en avoir. Oh, que vais-je faire?

Elaine regarda autour d'elle, affolée, avisa une serviette de coton et la saisit. Elle était propre et usée, et elle n'eut pas de mal à en déchirer une longue bande.

— Remets ta main sous le robinet, ordonna-t-elle, et elle fit couler l'eau. Ne bouge pas pendant que j'attache ce morceau de tissu.

Ce n'était pas très facile, mais elle réussit à poser un pansement de fortune sur la blessure.

— Ce n'est vraiment pas sérieux de ne pas avoir une trousse de secours, surtout que la maison est loin de tout. Suppose que je ne sois pas venue!

— Pourquoi es-tu si trempée? demanda Yvan, totalement hors de propos.

Il la dévisageait avec une étrange expression, les yeux ardents.

— L'orage a éclaté pendant que je venais ici. Tu n'as pas entendu le tonnerre?

— Si.

Il ferma les yeux et vacilla légèrement contre l'évier; il se rattrapa sur le coin avec sa main valide.

— Mon Dieu, je me sens mal.

— Cela ne m'étonne pas, vu que tu as vidé une bouteille de vin à toi tout seul et que tu as perdu beaucoup de sang. Tu ferais mieux de t'asseoir, je vais faire du café et essayer de trouver quelque chose de plus adapté pour faire un pansement. Viens t'asseoir ici. Ça va mieux?

Elaine essayait de parler sèchement, mais à l'idée qu'il souffrait, sa voix se brisa.

— Ça brûle, marmonna-t-il, en s'affalant dans un des fauteuils; il posa sa main blessée sur son avant-bras gauche. Tu devrais enlever ces vêtement mouillés et…

— Et que veux-tu que je porte à la place? Rien? dit-elle, acide. As-tu une réserve de vêtements féminins? Tu gardes peut-être des affaires d'une de tes petites amies?

— C'est ce qui s'appelle frapper un homme à terre,

grogna-t-il avec un petit sourire. Non, je n'ai pas de vêtements de femme, mais tu peux enfiler une de mes chemises. Elle t'habillerait presque entièrement. Tu en trouveras dans la chambre au-dessus. Maintenant fais ce que je te dis.

Elle avait rempli la bouilloire, l'avait mise sur le feu, avait trouvé du café moulu, la cafetière et le filtre. Ensuite elle avait ramassé les morceaux de verre sur la table et épongé le vin renversé.

— D'accord, j'y vais, dit-elle. Comment as-tu cassé le verre ?

— J'essayais ma force, ironisa-t-il avec une grimace. Vas-tu m'obéir, ou faut-il que je t'enlève ces vêtements moi-même ?

— Oui, chef ! lui jeta-t-elle et elle quitta la pièce en courant.

L'escalier était étroit et raide, serré entre deux murs. En haut, il y avait un passage comme au rez-de-chaussée, et deux portes, dont une s'ouvrait sur une grande chambre au-dessus de la cuisine, avec une lucarne et un toit en soupente. Le mobilier était très simple composé d'un grand lit et d'une commode. Des tapis couvraient le sol parqueté, et leurs couleurs s'harmonisaient avec les rideaux fleuris de la fenêtre.

Elle était contente que la maison soit ancienne et si originale, pensait Elaine en quittant ses vêtements. Elle pourrait l'arranger de façon coquette, et ce serait plus confortable que d'habiter Chambourtin.

Sur le point de prendre une des chemises bleues d'Yvan, elle s'arrêta net en prenant conscience du tour de ses pensées. Que lui arrivait-il ? Elle n'allait pas habiter Bellevigne, pour la simple raison qu'on ne lui avait jamais demandé d'y venir, et que quelques heures plus tôt, elle ignorait qu'Yvan vivait ici.

Mais elle aurait aimé s'y installer, elle aurait aimé dormir dans ce grand lit et voir les feuilles du peuplier par la fenêtre tous les matins. Elle enfila la chemise et roula les manches au-dessus du coude en regardant dehors. On pourrait faire un jardin et planter des rosiers rouges, et ainsi la senteur en monterait jusqu'aux fenêtres de la chambre par les chaudes nuits d'été.

Elle secoua la tête : elle était encore prise en flagrant délit de romantisme ! Il valait mieux affronter la réalité : sa présence ici était indésirable. Sinon, Yvan l'aurait invitée. Mais il ne s'était même pas donné la peine de lui parler de Bellevigne : il l'avait donc rayée de son existence...

Elaine mordit sa lèvre inférieure, s'efforçant de chasser ses pensées moroses, et boutonna la chemise qui lui arrivait presque aux genoux. Puis elle chercha dans la commode quelque chose qui pourrait servir de pansement, trouva deux mouchoirs et les prit. Elle mit ses vêtements à sécher et redescendit à la cuisine.

L'orage s'éloignait mais la pluie ne s'arrêtait pas, et la pièce était sombre. Le seul bruit était celui de la bouilloire. Elle versa l'eau sur le café et attendit ; puis elle se tourna vers Yvan. Il s'était assoupi, sa tête retombait sur le dossier du fauteuil. Tandis qu'elle le contemplait, une bouffée d'amour monta en elle. Elle eut envie de jeter ses bras autour de son cou, lisser ses cheveux fous, frotter sa joue lisse contre son visage, et même, pourquoi pas, effleurer ses lèvres avec les siennes.

Elle examina sa main blessée. Elle ne saignait plus, mais il était pâle, et son froncement de sourcils, alors même qu'il était endormi, montrait qu'il souffrait. Elle s'assit à côté de lui et toucha sa main valide. Elle était glacée ; elle se pencha plus près de lui, inquiète de la froideur de sa peau. Elle pensa combien il était inhabituel de le voir ainsi, lui qui était toujours débordant d'énergie.

— Yvan, murmura-t-elle, pressante.

Elle aurait voulu en savoir plus sur le choc provoqué par une blessure, elle aurait voulu avoir moins d'imagination, l'esprit plus pratique, et être la femme calme et organisée dont il avait besoin.

— Yvan, tout va bien ?

— Mmmm ?

Il n'ouvrit pas les yeux et ne bougea pas.

— As-tu très mal à la main ? il faudrait peut-être que je t'emmène dans un hôpital pour te faire recoudre ?

— Non, ce n'est pas la peine, marmonna-t-il.

Ses yeux eurent une lueur moqueuse dessous ses cils.

— Je t'imagine mal arriver à l'hôpital d'Angoulême, habillée de cette façon.

Elle se regarda et acquiesça.

— Mais je suis inquiète pour toi. L'entaille est si profonde, et tu as l'air d'avoir froid, ajouta-t-elle anxieusement.

— Ce n'est pas aussi grave que tu le crois. J'ai regardé pendant que tu étais en haut. Le sang ne coule plus, et je pense pouvoir me passer de points de suture.

Il se redressa et rejeta ses cheveux en arrière.

— Le café va me faire du bien. Il doit être prêt et cela sent bon. Mets beaucoup de sucre ; il y a des tasses dans le placard près de l'évier.

Sa voix était sèche et froide. Il cachait sa faiblesse sous son impassibilité habituelle. Elaine le fixa un instant, et sentit un désespoir douloureux l'envahir. Il semblait que la journée d'hier et la nuit n'avaient pas eu lieu ; qu'il n'y eut pas de rose sur son plateau ; qu'elle ne fut pas montée à ses côtés sur la bicyclette.

— Le café, Elaine, souffla-t-il calmement, enfin, si tu n'y vois pas d'inconvénient.

L'ironie fut comme un coup de poignard. Elle sursauta, bondit sur ses pieds et alla au placard. Durant les quelques mois où elle avait vécu avec lui à Chambourtin, elle n'avait jamais eu à faire quoi que ce soit pour lui, car tout était à la charge de la domesticité. Sa remarque semblait impliquer qu'elle n'avait pas envie de se dévouer pour lui.

Elle s'interdit de répondre ; les larmes lui montèrent aux yeux, car au lieu de se rapprocher, ils semblaient encore plus éloignés l'un de l'autre. Elle trouva les tasses, le sucre et versa le café. La pluie avait diminué de violence. Elle tendit sa tasse à Yvan et s'assit sur le divan. Elle essayait désespérément de se rappeler pourquoi elle était venue à Bellevigne cet après-midi.

— Pas mauvais, dit Yvan soudain. Pour quelqu'un qui a été élevé en Angleterre, tu fais du bon café. J'en voudrais encore, s'il te plaît !

Elle fut tentée de lui riposter de se servir, qu'elle n'était pas sa domestique, mais il ne la regardait pas. Il examinait sa main bandée, et son front était à nouveau plissé. Immédiatement, le besoin de le secourir surgit à nouveau en elle et sans un mot, elle se leva et retourna remplir sa tasse.

En reposant la tasse brûlante sur le plateau entre eux, elle se rappela brusquement le but de sa visite.

— Yvan, je suis venue cet après-midi parce que je désire savoir quelque chose.

— Cela ne pouvait pas attendre jusqu'à mardi ? s'enquit-il d'une voix lasse. J'irai à l'enterrement. Je t'aurais revue avant que tu ne repartes pour l'Angleterre. A moins que tu n'attendes pas les funérailles ? Maintenant que ton oncle nous a quittés, tu veux peut-être y retourner demain comme prévu ? Il n'y a plus besoin de jouer la comédie désormais.

« Il n'y a plus besoin de jouer la comédie... » La main d'Elaine trembla, et elle dut reposer sa tasse. Pourquoi oubliait-elle constamment que ce n'était qu'une apparence de réconciliation ? Une apparence qui n'avait duré qu'une journée et non les jours et les semaines dont il avait parlé vendredi.

— Non, je ne repars pas en Angleterre demain, dit-elle et sa voix lui parut faible comme un murmure. Je veux assister à l'enterrement, mais nous n'aurons pas beaucoup le temps de parler ce jour-là.

— Je comprends, répondit-il, irrité. Tu veux une réponse pour ta demande de divorce. Eh bien, j'y ai réfléchi et j'ai décidé que le mieux était de te laisser faire ce que tu veux et de divorcer.

131

Le choc fut terrible. Elaine sut qu'elle était livide parce qu'elle sentit son visage tendu et froid. Elle sut qu'elle était paralysée de stupeur, car elle sentit ses yeux s'écarquiller. Rien n'était plus étranger à sa pensée que la question du divorce quand elle avait quitté Chambourtin cet après-midi.

— Sur quelles bases ?

Cela sortit de sa gorge desséchée comme un coassement, et il lui lança un regard rapide avant de hausser les épaules.

— Celles que tu veux, répliqua-t-il. Je suppose que tu n'auras pas de difficultés à trouver des bonnes raisons avec l'aide d'un avocat. Tu sembles un peu surprise. Tu commençais à croire que mon refus était définitif ? Ou as-tu encore changé d'avis ?

Elle ne pouvait pas supporter la moquerie qui brillait dans ses yeux. Elle avala sa salive pour essayer d'éclaircir sa voix avant de parler.

— Oui, c'est une surprise, marmonna-t-elle finalement. Après la nuit dernière...

Elle ne put continuer : sa peine et son émotion eurent raison de sa résistance. Elle aurait voulu se sauver, échapper à cette situation intolérable. Mais c'en était fini de la fuite. L'année précédente, cela n'avait rien résolu. Il fallait qu'elle reste jusqu'au bout, même si la fin était amère.

— Que s'est-il passé la nuit dernière ? demanda-t-il, la voix glaciale.

La surprise lui coupa le souffle, et elle tourna la tête vers lui, ébahie. Il lui rendit son regard. Elle espérait y voir un éclair d'humour, mais ses yeux étaient dépourvus de lumière, inexpressifs, et sa bouche était dure et serrée.

— Tu sais très bien ce qui est arrivé. Toi et moi... nous... nous avons fait l'amour, balbutia-t-elle, la voix entrecoupée par la douleur, à l'idée que lui n'y avait attaché aucune importance.

— Vraiment ? railla-t-il, et elle recula devant son

expression. Je ne m'étais pas aperçu qu'il y avait de l'amour dans tout cela. Je pensais que nous avions chacun un besoin à assouvir : nous nous sommes trouvés dans la même chambre, sur le même lit, et le reste a suivi tout naturellement. Notre mariage légalise simplement la situation.

L'égarement et la fureur se mêlèrent dans l'esprit d'Elaine qui vacilla sous l'insulte. Il prenait sa revanche de ce qu'elle lui avait dit la nuit dernière. Elle voulut se jeter sur lui, mais le souvenir des autres occasions où cela ne lui avait rien apporté l'arrêta. Elle pinça ses lèvres et serra les poings jusqu'à ce que sa colère fût passée.

— Penses-tu vraiment que... que... je t'aurais laissé faire hier soir, s'il s'était agi uniquement de la satisfaction d'un besoin ? parvint-elle à articuler enfin.

— Mais oui, c'était commode pour nous deux et très agréable, du moins pour moi. J'espère que cela t'a plu aussi, dit-il doucement.

— Mais si tu penses que c'était agréable, pourquoi parles-tu de divorce aujourd'hui ? s'exclama-t-elle.

— Parce que tu le désires, ma mie. Te souviens-tu, vendredi, tu as affirmé que tu n'étais pas venue ici pour te réconcilier avec moi, que tu voulais divorcer et que rien, pas même la possibilité d'être rayée du testament de ton grand-oncle, ne te ferait changer d'avis ? Maintenant, ton oncle est mort. Il n'y a plus de danger de blesser ses sentiments ou de lui faire changer son testament, donc je fais ce que tu désires, j'accepte le divorce, enfin.

Yvan parlait calmement, sans aucune moquerie. Il reposa sa tête en arrière sur le dossier et ferma les yeux. Le pli réapparut entre ses sourcils. Silencieuse, abasourdie, Elaine scruta son visage et vit pour la première fois des rides autour de sa bouche et de ses yeux, elle fut frappée par ses joues amaigries. Ses traits portaient la marque de ces derniers mois. Marguerite avait cru son fils malheureux. Il le paraissait maintenant, se dit-elle, il avait l'air désespéré de la même façon qu'elle, quand elle s'était enfuie l'an dernier. Cela la blessa comme si c'était elle-même qui souffrait : il lui fallait intervenir.

— Mais... est-ce... est-ce que tu veux divorcer, toi ? hasarda-t-elle.

Il ouvrit les yeux, et son regard sombre s'attarda sur elle, pensif.

— Si cela te rend le bonheur, oui, répondit-il doucement. Je ne veux que te rendre heureuse.

Un pâle rayon de soleil filtra à travers les gros nuages d'orage. Il se posa sur les cheveux dorés d'Elaine et réchauffa ses joues glacées. Il lui semblait qu'il réchauffait aussi son cœur tandis qu'elle prenait conscience des paroles d'Yvan.

— Cela signifie-t-il... commença-t-elle, lorsqu'une autre voix l'interrompit. Une voix féminine quelque peu stridente qui provenait du couloir.

— Hello, hello, y a-t-il quelqu'un ? Yvan ? Où te caches-tu ? J'espère que tu es à la maison, maintenant que j'ai bravé l'orage pour venir jusqu'ici. Ah, quelle tempête ! La pluie était terrible.

Elaine se sentit défaillir en reconnaissant la voix. Elle se retourna vivement vers la porte et resta clouée sur place. Solange Bourget, mince et sombre, vêtue d'un pantalon crème et d'un corsage en tricot, se tenait sur le seuil, et derrière elle entrait, hésitant, un grand jeune homme blond.

7

Pendant quelques instants de silence, la tension régna dans la pièce. Yvan et Elaine, assis sur le canapé dévisagèrent les arrivants pour leur faire sentir l'inopportunité de leur visite.

Puis Yvan se leva et cacha sa main bandée dans sa poche.

— Bonjour, Solange, dit-il. Je ne m'attendais pas à vous revoir si tôt.

Solange s'avança, les mains tendues, le visage illuminé d'un éblouissant sourire. Elle se dirigea droit vers Yvan et l'embrassa sur les deux joues.

— Ah, mon cher ami, s'écria-t-elle, comme je suis contente de vous voir !

Elle se retourna et tendit une main vers l'homme qui l'avait suivie dans la pièce.

— Viens, Sven, ajouta-t-elle, je vais te présenter à mon très cher ami Yvan Durocher...

Ses yeux noirs jetèrent un regard hautain sur Elaine, figée sur le canapé.

— Et également à sa femme Elaine, que je croyais à l'étranger, continua Solange avec une touche de moquerie méchante.

L'homme qui ressemblait à un blond géant sorti d'une saga viking s'avança et salua Yvan, puis Elaine.

— Je m'appelle Sven Bjorling, grogna-t-il, je suis heureux de faire votre connaissance.

— Vous êtes le bienvenu, dit Yvan poliment. Asseyez-vous, je vous en prie. Elaine, tu peux peut-être refaire un peu de café ?

— Oui, oui, bien sûr.

Elle se leva, prit le plateau et, consciente que Solange regardait la chemise qu'elle portait et ses pieds nus avec un amusement à peine dissimulé, elle se dirigea vers l'évier en tendant l'oreille.

— Quand êtes-vous revenue de Paris ? demanda Yvan.

— Hier soir, tard, répondit Solange. Je suis désolée de vous avoir manqué, mon cher, et j'espère que mon absence ne vous a pas causé d'ennui. La concierge, Mme Oulette, m'a dit que vous aviez l'air agité, et c'est pourquoi je suis venue cet après-midi.

Elaine était folle de jalousie. Pourquoi la moindre parole de Solange semblait-elle toujours suggérer que sa relation avec Yvan était intime ?

— Non, je n'ai pas été ennuyé, dit Yvan d'un ton uni. Etes-vous en vacances ici, monsieur Bjorling, ajouta-t-il, pour détourner la conversation vers des sujets moins personnels.

— Pas exactement, répondit Sven. Je suis aussi un artiste et je peins, partout où je me trouve.

— Sven et moi nous sommes rencontrés à Stockholm l'an dernier, expliqua rapidement Solange pendant que son compagnon s'interrompait pour chercher ses mots. Il m'a écrit pour me dire qu'il venait à Paris et qu'il aimerait visiter la France, je suis donc allée l'attendre et je l'ai invité ici. Il projette d'aller ensuite en Espagne.

Solange avait l'air de rassurer Yvan, se dit Elaine, comme si elle voulait lui faire croire que leurs relations étaient inoffensives, comme une femme qui essayait d'apaiser un amant jaloux. Elle jeta un coup d'œil à Yvan pour voir son expression. Debout devant la cheminée, les mains dans les poches, il regardait Solange. Ses yeux étaient mi-clos, et sa bouche avait sa moue cynique qui l'enlaidissait. Apparemment, ses pensées étaient loin d'être agréables. Sven avait l'air un peu embarrassé.

— Pourquoi êtes-vous venu chez moi hier ? demanda Solange qui ne voulait pas être détournée de son idée.

— Pour reprendre des affaires m'appartenant que je crois avoir oublié chez vous, dit-il froidement.

Les joues brûlantes soudain, Elaine mit toute son attention à sortir d'autres tasses et à les disposer sur le plateau.

— Des affaires vous appartenant ?

La voix de Solange avait juste l'intonation de surprise qu'elle souhaitait.

— J'ai des affaires vous appartenant chez moi ?

— Mais oui. Avez-vous oublié ? La dernière fois que je vous ai rendu visite, pour vous acheter un tableau de vous, en décembre dernier, j'ai laissé mes cigarettes, mon briquet et mes gants sur la table. Elaine les y a vus ce même jour, un peu plus tard.

A travers la pièce, le regard d'Elaine croisa celui de Solange, provocateur.

— C'est vrai, Elaine ? demanda Solange. Pourquoi donc ne les avez-vous pas pris avec vous en partant ?

C'était une bonne question, se dit Elaine misérablement. Mais comment pouvait-elle y répondre maintenant, en présence d'un étranger ?

— Je n'y ai pas songé, marmonna-t-elle, et elle surprit le haussement de sourcils sardonique d'Yvan.

— Etait-ce la seule raison de votre visite ?

La voix de Solange était douce et charmeuse.

— Non, je comptais éclaircir un détail qui me tracassait, dit Yvan. J'espérais que vous pourriez m'expliquer pourquoi vous avez raconté à Elaine que j'étais venu plusieurs fois dans votre appartement d'Angoulême.

— Vous a-t-elle dit cela ?

Solange paraissait médusée, et Elaine fit face à nouveau à son regard plein de défi.

— Mais vous avez dû mal me comprendre, Elaine, continua-t-elle.

Puis, elle se tourna vers Yvan.

— Ah! mon Dieu, murmura-t-elle, portant sa longue main fine à sa gorge, est-ce parce que... non, sûrement, vous n'avez pas pensé qu'Yvan et moi...

Elle ne finit pas la phrase, mais se couvrit le visage de ses mains.

Sven Bjorling parut inquiet tout à coup et se pencha en avant pour parler tout bas à Solange, qui secoua la tête mais n'enleva pas ses mains. Surprise par la réaction de cette femme et par la tournure inattendue des événements, Elaine resta immobile. Elle sentait que Solange se moquait d'elle en faisant croire qu'elle avait réagi de façon exagérée à ce qui s'était passé en décembre chez elle. Elle regarda Yvan, suppliante. Il lui semblait qu'il n'y avait aucune pitié sur son visage. Son expression était glaciale.

— Je... Je ne me suis pas trompée, dit-elle faiblement.

Solange leva la tête, rejeta ses cheveux en arrière d'un geste familier. Elle regarda Yvan et haussa les épaules.

— Pourquoi mentirais-je?

— Je me le suis demandé, répondit-il sèchement.

— Mais si, vous avez menti, éclata soudain Elaine. Vous avez menti sur tout. Tout ce que vous avez dit est faux, je m'en suis aperçue depuis. Vous m'avez menti en affirmant que la mère d'Yvan avait épousé son père par commodité, pour être près de mon oncle. Vous m'avez menti quand vous avez suggéré que j'hériterais de Chambourtin et que c'était pour cela qu'Yvan m'avait épousée. Je sais maintenant que Marguerite a épousé Jean Durocher avant qu'il ne travaille à Chambourtin; je sais que je ne vais pas hériter grand-chose parce que Chambourtin appartient à la société Saint-Vérain. Et je sais aussi qu'Yvan n'est allé vous voir qu'une seule fois: ce jour-là, en décembre. Vous m'avez menti, et j'ai été assez naïve pour croire toutes vos sornettes!

— Elaine, chérie, vous étiez surexcitée.

Solange parlait doucement, presque gentiment.

— Vous avez tout imaginé. Je n'ai rien dit sur la mère d'Yvan ni sur Chambourtin ; ou si je l'ai fait, vous ne m'avez pas comprise. Ce n'est pas surprenant, étant donné que vous utilisez un langage qui n'est pas le vôtre. Un mot par-ci, un mot par-là fait toute la différence, n'est-ce pas, Yvan ?

— Mais oui, c'est possible, dit-il.

Elaine sursauta. Il acceptait la parole de Solange et non la sienne. Elle poussa un cri étranglé en guise de protestation et quitta la pièce en courant. Elle s'arrêta dans le passage en pensant à son accoutrement. Elle ne pouvait partir vêtue de cette façon. Il fallait qu'elle remette ses vêtements humides ; elle monta l'escalier et entra dans la chambre. La porte se referma en claquant derrière elle, et elle s'appuya dessus pour essayer de contrôler le tremblement qui l'avait saisie. Elle cherchait à fuir une situation parce qu'elle était incapable de la dominer, blessée par la complicité qui se créait entre Yvan et Solange, comme neuf mois auparavant.

Au bout d'un moment, son tremblement cessa, et elle se rhabilla. Tout était encore mouillé, mais ses sandales surtout avaient souffert. Pourtant il lui fallait bien les porter pour aller à pied chercher de l'essence à Bellic, revenir à la voiture et rentrer ensuite à Chambourtin. Cela n'avait servi à rien de venir voir Yvan. Elle n'avait pas dit une seule des choses qu'elle voulait lui dire. Elle ne l'avait même pas informé qu'il devait être à Chambourtin le lendemain matin pour la lecture du testament de son oncle.

Mais elle avait entendu qu'il était d'accord pour divorcer afin de la rendre heureuse, et elle espérait, ou commençait à espérer quand… Oh mon Dieu, si seulement Solange n'était pas arrivée à ce moment ! Mais elle était venue. A quoi bon rester ?

Des larmes débordaient de ses yeux. Plus tôt elle quitterait cette maison où elle aurait pu être heureuse, mieux ce serait pour elle. Elle rentrerait en Angleterre le plus vite possible. Elle prit son sac à main, ouvrit la porte aussi silencieusement que possible et descendit les escaliers. Dans le passage, elle entendit le murmure de voix. Solange occupait encore une fois le devant de la scène. Elaine se dirigea vers la porte qui semblait être celle du devant de la maison.

Cette porte était peu utilisée, c'était évident, et elle dut s'y reprendre plusieurs fois en souhaitant de toutes ses forces que la poignée ne vienne pas d'un seul coup. Enfin, elle céda, et Elaine s'affola en entendant les gonds grincer. Elle sortit et la referma derrière elle.

Dehors, l'air était purifié par la pluie. Elle prit ses jambes à son cou. Les oiseaux chantaient, et le ciel se dégageait rapidement. En arrivant sur la route, elle vit une voiture arriver de la gauche et elle fit signe. La voiture s'arrêta. Le conducteur était un homme d'âge moyen, habillé comme un agriculteur. En lui ouvrant la porte, il lui sourit par-dessus ses moustaches grises.

— Bonjour, madame, puis-je vous rendre service ?

Elaine lui expliqua sa situation et lui demanda de l'emmener à la station d'essence.

— Je peux faire mieux, dit-il. J'ai un bidon d'essence dans mon coffre. Nous allons le vider dans votre réservoir, et vous pourrez rouler jusqu'à Bellic.

— Merci, monsieur, dit-elle, emplie de gratitude.

Tout se déroula comme prévu, et elle se retrouva sur la route de Chambourtin. La difficulté était décuplée car les trous s'étaient remplis d'eau, la terre était détrempée, et elle mit beaucoup plus de temps à atteindre le pont qu'elle ne le pensait.

En arrivant au pont, elle s'arrêta et réfléchit à la direction à prendre. Elle devait tourner à gauche et rentrer au château pour attendre la lecture du testament et l'enterrement ; mais ce serait facile de prendre à droite et d'aller à Paris ; et peut-être d'attraper un avion ce soir, avec un peu de chance.

Qui en pâtirait si elle ne retournait pas à Chambourtin ? Pas son oncle. Marguerite serait peut-être offensée à cause d'Armand, mais elle ne serait pas surprise.

L'opinion de Marguerite était que sa bru était une enfant gâtée et qu'elle n'était pas une bonne épouse pour Yvan.

Yvan non plus n'en souffrirait certainement pas. Il était d'accord pour divorcer. Bien sûr, c'était pour la rendre heureuse, mais elle le suspectait d'avoir arrangé les choses ainsi pour être plus à l'aise lui-même. Une personne aussi inflexible qu'Yvan devait avoir de bonnes raisons pour changer d'avis.

Alors, pourquoi ne partirait-elle pas, puisqu'elle en avait la possibilité ? Elle laisserait derrière elle le parfum de roses et de vin pour toujours. Il n'était pas destiné à durer de toute façon. Elle lâcha le frein et prit la route sur la droite, traversant le pont. Dans le village elle entendit les cloches de Saint-Augustin sonner pour les vêpres. Au garage, Marcel était à la pompe et il la salua à sa manière habituelle. Elaine ne répondit pas, elle garda les yeux sur la route et accéléra pour quitter Chambourtin à jamais.

La ligne familière de peupliers apparut devant elle. Cette fois-ci, on ne voyait pas leurs ombres sur la chaussée humide, car le soleil s'était caché derrière un nuage. Quand la route fit une courbe qu'elle ne connaissait que trop bien, Elaine regarda machinalement dans le rétroviseur. Elle fut abasourdie. Derrière elle arrivait la Citroën lancée à grande vitesse et sur le point d'exécuter une manœuvre dangereuse : elle avait entrepris de la doubler en plein virage, alors que la visibilité était nulle.

Elle accéléra encore, et la Peugeot bondit en avant dans un crissement de pneus. Elaine se cramponnait au volant ; elle refusait d'aller dans le fossé cette fois-ci.

Une voiture surgit de la direction opposée ; elle sentit son cœur bondir dans sa poitrine et sa bouche devenir sèche. Elle fut soulagée en jetant un coup d'œil dans le rétroviseur : la Citroën s'était rangée derrière elle, mais elle était toute proche, si bien qu'elle pouvait en voir le chauffeur. C'était Yvan et il était seul.

Elle essaya de forcer encore la vitesse, mais le moteur commençait à cliqueter et elle savait qu'elle ne pouvait pas en espérer davantage. La pluie reprenait. La route était maintenant toute droite. La voiture grise vint se ranger à côté d'elle et resta là à la tourmenter et à la rendre nerveuse. Elle ne pouvait pas conduire et surveiller sans arrêt que les deux voitures ne se touchent pas. Elle vit un autre véhicule arriver en face. La Citroën devait passer devant ou ralentir, pensa-t-elle. Mais elle n'en fit rien. Elle restait juste à côté d'elle et, prise de panique, sûre qu'il allait y avoir une collision, Elaine vira brutalement sur le bord de la route en freinant. La Peugeot fit un tête-à-queue et se retrouva à cheval sur la rive, les phares pointés vers le ciel.

Tremblante de colère autant que de peur, Elaine coupa le contact et tenta d'ouvrir la porte. Ce fut Yvan qui le fit.

— Toujours en fuite ?

La voix d'Yvan était froide, mais il n'y avait rien de froid dans le regard qu'il lui jetait. Rien de sophistiqué non plus ; il était lui-même, rude, un homme de la terre, aussi solide que le roc. Et il était furieux. Mais elle aussi était en colère.

— Qu'essayais-tu de faire ? cria-t-elle. De me dépasser dans un virage, et ensuite de rester au milieu de la route alors qu'il y avait quelqu'un en face !

— J'essayais de te faire peur, rétorqua-t-il. Je crois que j'ai réussi. Où comptais-tu aller ?

— Paris, puis l'Angleterre, répliqua-t-elle, en rejetant ses cheveux. Tu ne pourras pas m'arrêter.

— C'est déjà fait, dit-il simplement en montrant la Peugeot. Et tu ne continueras pas ton voyage ; tu reviens à Chambourtin avec moi.

— Non, Yvan. A quoi bon ? Nous avons dit tout ce qu'il y avait à dire. Tu es d'accord pour divorcer et c'est tout ce que je voulais savoir.

— Je ne pensais pas à la situation entre toi et moi, répondit-il avec un soupir. Je pensais à faire les choses

142

correctement, selon les règles. Tu ne peux pas toujours te sauver, Elaine, juste parce que quelqu'un dit quelque chose qui te déplaît. Il te faut devenir adulte.

— Mais je suis adulte, protesta-t-elle.

— Alors, conduis-toi en adulte et reviens à Chambourtin avec moi. En tant que parente la plus proche, tu dois à la mémoire de ton oncle d'être présente à son enterrement et à l'ouverture de son testament. Tu n'as pas idée, n'est-ce pas, du bouleversement que tu as causé la dernière fois. Tout le monde au château était dans une inquiétude folle quand tu n'es pas revenue ce soir de décembre ; ma mère pensait que tu étais blessée sur un bord de route. J'ai dû sortir et battre toute la campagne entre ici et Angoulême à ta recherche.

— Vraiment ? Mais tu n'étais pas au château. Tu étais supposé être à Cognac...

— Je t'ai déjà dit que je suis parti plus tôt pour t'acheter un cadeau d'anniversaire. Je t'attendais au château avec les autres, et aussi inquiet que les autres que tu ne rentres pas. Et maintenant tu veux recommencer. Pourquoi ? Parce que tu ne réfléchis pas ? Comme le jour où tu as vu mes affaires dans l'appartement de Solange, tu n'as pas réfléchi. Tu n'as pensé qu'à toi-même et à ta peine ; pas un instant tu n'as songé à moi !

La pluie tombait et commençait à les inonder. Elaine en sentait les gouttes ruisseler sur ses joues. Ou bien étaient-ce des larmes ? Elle leva la main pour s'essuyer le visage.

— Je suis désolée, murmura-t-elle. Je ne voulais blesser personne, ni causer des soucis, mais... si seulement tu savais combien j'ai été bouleversée en voyant tes affaires, et encore aujourd'hui lorsque tu es tombé d'accord avec elle...

— Comment ? l'interrompit-il, en lui secouant le bras. Tu dis que j'étais d'accord avec elle ?

— Oui. Quand elle a si habilement détourné la responsabilité sur moi en prétendant que j'avais mal interprété ses paroles à cause de mon français, tu l'as crue ! Tu as dit : « Mais oui, c'est possible. » Tu l'as écoutée, elle, et pas moi !

— Et tu as tourné les talons et t'es sauvée en courant, se moqua-t-il, tu n'as donc pas entendu ce que j'ai répondu ensuite. Ah, chérie, combien de fois faudra-t-il que cela arrive pour que tu comprennes ? Tu es toujours blessée à cause de ta propre impétuosité. Si tu étais restée une minute de plus, tu aurais entendu ma réponse. Tu veux la savoir maintenant ?

— Oui, murmura-t-elle.

— Alors, allons dans l'autre voiture. Nous nous mouillons ici. Nous demanderons à Marcel de s'occuper de la Peugeot ; je pense que cela va bien l'amuser.

Il mit un bras autour de ses épaules, et ils se dirigèrent ensemble vers la voiture grise. Dès qu'ils furent installés, Yvan démarra et prit la direction de Chambourtin. Elaine ne fit pas d'objection. Il avait gagné, une fois de plus.

— Continuons, dit Yvan en sortant une cigarette de la poche de sa chemise. J'ai répondu que tu pouvais avoir mal compris, mais que cela m'étonnait fort, étant donné que tu parlais français depuis que tu étais petite fille. Je savais qu'elle mentait encore, en fait. Je savais qu'elle t'avait menti l'an dernier. Et je sais maintenant pourquoi. Je l'ai compris soudain, quand elle est entrée aujourd'hui.

— Et pourquoi donc ? demanda Elaine en se tournant vers lui.

— Parce que je l'ai laissée tomber, dit-il platement.

— Mais je croyais que tu lui avais acheté un tableau.

— Oui, mais ce n'est pas sa peinture qui est en cause. Le jour où je suis allé à son studio pour voir le tableau, elle s'est effondrée tout d'un coup. Elle m'a dit combien je lui avais manqué ces dernières années, et qu'elle regrettait d'être revenue trop tard puisque j'étais marié. Elle m'a suggéré d'avoir une liaison avec elle, ce que j'ai refusé.

144

— Et elle s'est sentie dédaignée, commenta Elaine en se rappelant la remarque de Marguerite.

— Oui, et elle a pu prendre sa revanche sur moi plus vite qu'elle ne l'espérait, continua-t-il, avec amertume. Tu es venue plus tard le même jour et elle t'a raconté un tas de mensonges. Si tu avais réfléchi et si tu étais venue me voir, j'aurais pu t'expliquer tout ce jour-là, tout ce que tu as appris ce week-end-ci. Mais tu ne l'as pas fait, et j'en ignore toujours la raison. Pourquoi n'avais-tu pas confiance en moi, Elaine ?

Ils passaient maintenant devant le garage de Marcel. Les fleurs dans les jardinières avaient triste mine ; battues par la pluie, elles penchaient misérablement leurs corolles. Elaine se dit avec un certain humour qu'elle devait leur ressembler. Mais il lui fallait répondre à Yvan, trouver une raison dans les tréfonds de son esprit.

— Je... j'étais blessée, commença-t-elle, tellement que je n'ai pas su quoi faire. Nous avions été heureux, toi et moi ; du moins, moi, j'avais été heureuse, et je croyais que tu l'étais aussi. Ton amour m'avait portée au septième ciel, aussi quand Solange m'a-t-elle dit que tu lui avais rendu visite, et insinué que tu étais encore son amant, je n'ai pas pu le supporter. Tu sais, je... je t'avais épousé parce que je t'aimais, et découvrir soudain que toi, tu ne m'aimais pas, c'était au-dessus de mes forces ; je ne pouvais pas... je suis partie.

Sa voix devint un murmure, et elle se tut. Yvan ne dit rien, il accéléra, prit le virage dangereusement, traversa le pont dans un crissement de pneus et s'arrêta au bord de la route sur un triangle d'herbe en face du chemin de Bellevigne. Dans le silence qui suivit, Elaine put entendre le clapotis d'eau dans la rivière et le bruit des gouttes de pluie.

Soudain, Yvan frappa le volant de la voiture avec son poing serré.

— Quelle intrigante ignoble ! grinça-t-il entre ses dents serrées, et il se tourna vers elle. Elle a décidé de ruiner délibérément notre mariage parce qu'elle était jalouse de toi. Mais tu viens de me dire que tu m'as épousé par amour. Quelle sorte d'amour est-ce donc qui s'écroule à la première épreuve ?

Il claqua deux doigts de sa main valide en signe de dérision.

— Je ne donnerais pas trois sous pour un tel amour !

— Soit, mais au moins j'étais sincère, et on ne peut en dire autant de toi, souffla-t-elle, furieuse. Tu m'as épousée parce que mon oncle l'a prévu et organisé. Voilà un point sur lequel Solange n'a pas menti.

— Prévu ? Organisé ? Oui, tu as déjà dit cela. Tu as affirmé aussi qu'il m'avait payé pour t'épouser. Où as-tu trouvé une idée aussi absurde ?

— Je... Je retire ce que j'ai dit à ce propos, murmura-t-elle. Je sais maintenant qu'il ne possédait rien qu'il pût utiliser pour t'acheter. Mais je sais qu'il a arrangé notre mariage, car il me l'a avoué hier.

— Le seul arrangement qu'il ait fait a été de t'inviter. Nous nous sommes vus, et le reste a suivi comme la nuit suit le jour. Nous avons été attirés l'un vers l'autre et nous avons été pris au piège en croyant qu'il s'agissait de l'amour...

Il s'interrompit et se tourna de l'autre côté.

— Tu m'as piégée, pas l'inverse, protesta-t-elle, ici même dans les bois. Tu m'as fait croire que tu m'aimais, et maintenant que je sais que tu n'avais rien à gagner en m'épousant, je ne peux pas comprendre pourquoi tu ne m'as pas simplement prise le jour où je te l'ai proposé...

Elle s'arrêta, haletante, car il s'était retourné vers elle sauvagement, l'avait saisie et secouée violemment.

— Tu ne comprends rien, cela a été ton problème depuis le début, hurla-t-il, excédé. Je t'ai épousée parce que je t'aimais, et que je ne voulais pas que notre relation se borne à une brève liaison ou à quelques moments de plaisir dans les bois. Je désirais créer un lien plus profond, un engagement plus durable... Voilà pourquoi je t'ai d'abord demandée en mariage !

Il la lâcha, posa ses coudes sur le volant et se prit la tête dans les mains.

— Seigneur, tu me fais perdre la raison, murmura-t-il, et je me retrouve en train de te frapper et de te secouer. Je t'ai même offert de divorcer car je t'aime tant que je ne peux supporter l'idée que tu serais malheureuse avec moi.

Stupéfaite par son éclat violent, Elaine se renfonça dans son siège, et lentement le sens de ses paroles commença à pénétrer dans son esprit. Il l'avait aimée et il l'aimait encore... Mais il y avait des questions à élucider avant qu'elle puisse le toucher, mettre ses bras autour de lui et confesser son propre amour.

— Si tu m'aimais, pourquoi ne m'as-tu pas suivie en Angleterre au lieu d'attendre trois mois et de m'écrire cet horrible petit mot ? Oh Yvan, si tu savais combien j'étais malheureuse à t'attendre, en espérant que tu me demanderais de revenir.

Il resta silencieux, la tête courbée, ses longs doigts fourrageant dans ses cheveux emmêlés. A la vue de son pansement en lambeaux, Elaine se rappela qu'elle était partie pour le changer, et qu'à la place, elle s'était sauvée.

Le silence se prolongeait, et elle essaya d'être convaincante.

— Je suppose qu'une explication mettrait ton âme à nu, et tu ne veux faire cela pour aucune femme, même pas ta propre épouse, de même que tu n'admettras pas que tu as souffert, toi aussi, dit-elle doucement et soupira, résignée. Cela n'a pas d'importance, mais je vais persister à ne pas comprendre, à me poser des questions, à imaginer les raisons pour lesquelles tu bois trop, et à tout interpréter à tort, une fois de plus. Comment faire si je ne peux partager tes sentiments et tes pensées ?

Yvan s'adossa à son siège et la regarda avec un sourire faible. Il était hagard sous le coup des émotions qu'il venait d'éprouver.

— C'était l'orgueil, l'orgueil et la peur, dit-il abruptement. Ils m'ont empêché de te suivre et m'ont dicté cet « horrible petit mot ». J'étais blessé aussi ; en te sauvant sans explication, tu as atteint ma fierté, et il n'était pas question que je me lance à ta poursuite. Je pensais que tu reviendrais.

— Arrogance, accusa-t-elle.

— Peut-être. Ou peut-être juste de la simplicité. Vois-tu, je croyais aux serments que nous avions échangés à l'église, et je pensais que tu y croyais aussi. Je t'ai laissé le temps de réfléchir, puis j'ai écrit et t'ai demandé de revenir. Mais j'avais peur en écrivant de mettre mes sentiments sur papier, au risque de les voir rejetés.

Il repoussa les mèches qui lui tombaient sur les yeux et se pencha sur elle.

— Comprends-tu à présent, ma mie ? Je ne suis pas un homme compliqué, j'ai des goûts simples. Quand je t'ai vue, je suis tombé amoureux pour la première fois de ma vie, et j'ai agi comme mon père, quand il a rencontré ta mère, je t'ai demandée en mariage. Il n'y a pas eu d'arrangement avec ton oncle, bien qu'il fût heureux de notre union... Allons, que se passe-t-il ? Pourquoi pleures-tu ?

— Parce que je suis heureuse, sanglota-t-elle. Oh Yvan, pourquoi ne pas me l'avoir appris plus tôt ?

— Tu ne me l'as jamais demandé, rétorqua-t-il doucement, en se penchant si près que sa bouche effleura celle d'Elaine.

Elle jeta ses bras autour de son cou et ouvrit ses lèvres sous la pression des siennes. Ses doigts caressèrent les cheveux d'Yvan, puis touchèrent son visage et glissèrent vers sa gorge pour s'introduire dans l'ouverture de sa chemise et caresser sa poitrine. Quand il laissa sa bouche pour presser ses lèvres dans le creux de sa gorge, elle lui murmura à l'oreille :

— « Il y a longtemps que je t'aime... »

— Alors pourquoi n'es-tu pas revenue plus tôt ?

Pourquoi as-tu gâché neuf mois de notre vie ? dit-il, les sourcils froncés.

— Parce que je ne savais pas que je t'aimais tant avant de te revoir. Il fallait peut-être que je sois séparée de toi pour le savoir.

Elle leva son visage vers lui.

— Embrasse-moi encore, Yvan, serre-moi, ne me laisse plus repartir.

— Je veux t'embrasser, te serrer, et ne jamais te laisser repartir, répondit-il doucement, mais nous serions bien mieux dans un endroit plus accueillant. Où allons-nous ? Au château ou à Bellevigne ?

Elaine sentit l'excitation la gagner en voyant l'expression brûlante de ses yeux sombres.

— Je préfère Bellevigne, dit-elle en inclinant son front, intimidée soudain par son regard. Mais il faut peut-être rentrer au château dans le cas où ils s'inquiéteraient de moi. Et il faut que tu y sois demain. M. Léger vient lire le testament à onze heures.

— Allons au château dans ce cas, dit-il, mais d'abord... ceci.

Les doigts sous son menton, il lui releva la tête. Son baiser la meurtrit comme la nuit précédente, lui laissant peu de chances de répondre, comme s'il voulait la punir d'être partie si longtemps.

— Je ne me soucie guère de la raison qui t'a poussée à fuir, dit-il d'une voix mal assurée en caressant ses cheveux. Tu es revenue maintenant, mais si tu essaies de fuir encore une fois, je te suivrai de près et te forcerai à rentrer.

Il remit la voiture en route.

— C'est Léger je suppose, qui t'a appris que la société était propriétaire de Chambourtin, déclara-t-il, tranchant.

— En partie, c'est aussi ta mère qui m'en a informée. Pourquoi ne pas me l'avoir expliqué vendredi quand je t'ai accusé de m'avoir épousée pour en hériter avec moi ?

— J'ai été tenté de le faire, j'étais si ébahi par cette accusation. Je n'imaginais pas que tu connaissais aussi peu les affaires de ton oncle. Mais j'ai pensé que je pourrais utiliser ta conviction pour t'amener à accepter un semblant de réconciliation.

Il rit malicieusement.

— Quelques mots bien choisis, et tu étais prête à tenter n'importe quoi pour m'empêcher d'être le seul héritier. Non, chérie, ne me frappe pas maintenant, nous pourrions tomber à l'eau.

— Mais tu aurais pu me parler de Bellevigne, rétorqua-t-elle, en se renfonçant dans son siège.

— Je ne pensais pas que cela t'intéresserait, répondit-il froidement, et elle comprit combien elle avait dû paraître indifférente à tout le monde.

— C'est une jolie vieille maison. Je crois que je pourrais la rendre très agréable... si tu me laisses faire... acheva-t-elle humblement.

— Cela signifie-t-il que tu refuses mon offre de divorce ? Que tu es prête à devenir une épouse paisible qui prépare les repas et entretient la maison ? la taquina-t-il.

— A condition que tu n'ailles pas chercher ton plaisir dans le lit d'une autre femme, repartit-elle. Pour la première fois elle se sentait à l'aise avec lui sur ce sujet.

— Pourquoi le désirerais-je ? fit-il doucement, alors que je peux rentrer chez moi et te retrouver, en sachant que tu peux me donner tout le plaisir souhaité ?

— C'est vrai, Yvan ? murmura-t-elle.

— C'est vrai, Elaine, répliqua-t-il en lui lançant un sourire.

Ils pénétraient dans la cour.

— Oh, quel ennui, ajouta-t-il en voyant deux voitures rangées côte à côte, mes sœurs sont là. Cela veut dire qu'il nous faut être polis et ne pas nous cacher. Nous ne pourrons pas rester vraiment ensemble avant un petit moment, ma mie. Peux-tu attendre ?

— Si tu le peux, moi aussi, dit-elle, un peu timide.

— Ils vont se montrer curieux à notre égard. Ce matin, j'ai révélé à ma mère que notre réconciliation n'était qu'un faux-semblant.

— Je le sais, elle me l'a dit. Qu'allons-nous faire ? Leur expliquer ?

— Je préfère qu'ils le devinent, répondit-il avec une grimace. Crois-tu pouvoir jouer la comédie pendant les quelques heures que nous serons encore séparés ? Juste pour nous amuser !

— Ce ne sera pas facile. Je n'ai qu'une hâte, c'est de me retrouver dans tes bras.

— Je sais, murmura-t-il, en s'attardant sur ses lèvres et en caressant furtivement sa gorge, mais souviens-toi, chérie, le plaisir ne sera que plus grand d'avoir attendu.

Ils entrèrent, et Jacques leur apprit que Marguerite était dans le salon.

Elaine monta enfiler sa robe noire et blanche, la seule convenable pour l'enterrement, et elle attacha ses cheveux avec un ruban noir. Puis elle se rendit au salon. Marguerite était assise sur le canapé vert et or qui se trouvait d'un côté de l'immense cheminée de marbre, entourée de ses deux filles. Sur l'autre canapé s'étaient installés les deux hommes, ses gendres.

— Je suis contente de vous voir, chérie, je commençais à m'inquiéter. Vous vous souvenez de mes filles ?

Elaine accepta un verre de sherry et s'enquit poliment des nouvelles des deux familles.

— Tout allait bien à Bellevigne ? demanda Marguerite soudainement.

— Oui, Yvan est revenu avec moi. Il descendra dans quelques minutes.

— Je suis heureuse qu'il soit là, nous dînerons tous ensemble. Ce n'est pas souvent que j'ai toute ma famille autour de moi.

— Dommage que ce soit une occasion aussi triste qui nous réunit, maman, remarqua Paulette, la fille aînée.

La conversation languit jusqu'à ce qu'Yvan entre dans le salon, très élégant dans son blazer sombre et son pantalon de ville. Aussitôt, ils se mirent tous à parler en même temps, heureux de se retrouver et d'échanger les dernières nouvelles. Elaine restait un peu à l'écart. Jacques annonça que le dîner était servi et la conversation se poursuivit à table. Elaine découvrait son mari au sein de sa famille, et elle ne pouvait détacher les yeux de lui. Marguerite surprit son regard, et la jeune femme s'empressa de répondre à son beau-frère qui lui posait une question sur Londres.

Quand le repas fut terminé, ils prirent le café, puis Paulette se leva. Il était temps qu'ils repartent à La Rochelle. Elle tendit la main à Elaine.

— Je vous fais mes adieux, dit-elle. Nous n'assisterons pas à l'enterrement, et je suppose que vous rentrerez en Angleterre après cela.

Le silence s'instaura soudain. Elaine sentit le sang se glacer dans ses veines. Ils l'accusaient, tous, comme si elle était coupable d'un crime! Elle eut envie de rétorquer que cela ne les regardait pas, mais sans doute ne le comprendraient-ils pas.

— Je... je ne sais pas encore, bégaya-t-elle, je n'en suis pas sûre. Je suis heureuse de vous avoir rencontrés à nouveau ; au revoir.

Une demi-heure plus tard, les autres se retirèrent également, et Marguerite annonça qu'elle allait se coucher.

— Retournes-tu à Bellevigne, Yvan ?

— Je reste ici, répondit-il brièvement, pour accueillir M. Léger. Bonsoir, mère.

Le regard de Marguerite allait d'Yvan à Elaine.

— Je vois que tu t'es blessé, dit-elle, en désignant le pansement.

— Ce n'est rien.

Il haussa les épaules.

— Je suis contente que tu sois revenu ce soir avec Elaine, reprit-elle. Je souhaite...

Elle s'interrompit et se tourna vers l'escalier.

— Bonsoir, Elaine. Bonsoir, mon fils. A demain.

Vous me dévoilerez peut-être le secret qui vous rend si joyeux !

Ils attendirent qu'elle ait disparu et s'avancèrent l'un vers l'autre. Main dans la main, ils gravirent les marches. Dès qu'il eut refermé la porte, et sans allumer la lumière, Yvan attira Elaine dans ses bras et prit ses lèvres dans un baiser passionné.

— Je crois que ma mère a deviné, murmura-t-il enfin.

— Moi aussi, je me suis trahie pendant le dîner.

— Comment cela ?

Il défit sa robe et mit ses mains autour de sa taille tout en déposant des baisers sur sa nuque.

— Je t'ai contemplé trop longtemps, confia-t-elle avec un petit rire et s'écarta de lui. Quand Paulette m'a fait ses adieux, je n'ai pas su quoi dire ! J'ai eu envie de lui répondre que cela ne la regardait pas.

— Heureusement que tu ne l'as pas fait ! Elle ne l'aurait jamais compris.

Veste, chemise et pantalon s'envolèrent, et il fit le tour du lit, pour se trouver tout près d'Elaine.

— Voyons si cela valait la peine d'attendre, murmura-t-il doucement en s'allongeant près d'elle et la serrant contre lui...

Plus tard, Elaine passait ses doigts paresseusement dans les cheveux d'Yvan.

— Cela en valait-il la peine ? s'enquit-elle.

— Qu'en penses-tu ? dit-il, ensommeillé.

— Je pense que oui, mais j'espère que tu n'y verras pas d'inconvénient, s'il y a des conséquences.

— Que veux-tu dire ?

Il leva la tête pour l'examiner.

— Après ces deux dernières nuits, nous pourrions avoir un enfant.

— Mon Dieu, je n'y avais pas pensé ! s'exclama-t-il, et ils se mirent à rire.

— Oh, chéri, je suis si contente qu'il t'arrive aussi de ne pas penser ! Oncle Armand t'avait-il parlé de son rêve ? Il aurait tant aimé que nous ayons un enfant, un héritier pour Chambourtin.

— Oui, il me l'a dit la nuit de vendredi quand j'étais près de lui.

Il marqua un temps d'arrêt, puis ajouta :

— Tu ne vas pas imaginer, j'espère, que c'est dans ce but que je t'ai fait un enfant ce soir !

— Oh non, cela ne m'est pas venu à l'esprit. J'espère à mon tour que tu me pardonnes d'avoir eu une aussi piètre opinion de toi, acheva-t-elle à voix basse.

— Je te pardonne si toi, tu me pardonnes la nuit dernière. Je n'ai pas pu me retenir... après avoir été séparé de toi si longtemps... tu étais si désirable...

— Chut ! l'interrompit-elle, il n'y a rien à pardonner. J'en avais envie aussi, bien que tu aies affirmé aujourd'hui qu'il n'y avait pas d'amour dans tout cela.

— Je l'ai dit parce que je n'étais pas sûr de tes sentiments.

— Mais tu l'es maintenant, n'est-ce pas ? S'il te plaît, Yvan, dis oui, parce que c'est vrai. Je t'ai aimé la nuit dernière, je t'aime maintenant, et je t'aimerai toujours. Je ne fuirai plus jamais.

— Parce que tu n'en auras plus jamais l'occasion, déclara-t-il rudement ; leurs lèvres s'unirent dans l'obscurité, et Elaine sentit le parfum des roses flotter dans la chambre.

Elle sut alors avec une joie sauvage que le temps des roses et du vin n'était pas terminé et qu'elle allait vivre de longues années, imprégnées de leur grisante senteur...

L'AMOUR...
COMME SI VOUS Y ETIEZ!

L'amour est un pays mystérieux, dont vous rêvez souvent, un pays où vos désirs les plus fous se réalisent. Et grâce à HARLEQUIN ROMANTIQUE, vous ferez la découverte du voyage qui vous transportera au cœur même du mystère de la vie...en rose!

Pour faire voyager votre esprit et vagabonder votre imagination, Lisez

Harlequin Romantique

la grande aventure de l'amour!

Quelques commentaires de nos lectrices sur les romans Harlequin...

"Jamais je n'ai lu un livre avec autant de passion, surtout que chaque livre comprend un tendre roman d'amour."
J.G.B.,* St. Elzéar, P.Q.

"Je vous félicite pour cette initiative de lancer des livres d'abord facile et détendant faisant appel à un sentiment universel, l'amour."
C.L., Beauce, P.Q.

"Je les ai lus, pour ne pas dire dévorés."
E.G., Delisle, P.Q.

*Noms fournis sur demande.

La grande aventure de l'amour!

Harlequin Romantique

Partagez l'intimité secrète de nos héroïnes dans des cadres romantiques qui vous transporteront dans un monde nouveau, hors de la grisaille du quotidien. Vibrez d'émotion avec elles dans un monde où l'amour, toujours triomphe!

Complétez votre bibliothèque Harlequin Romantique en choisissant parmi les volumes suivants...

Commandez les titres que vous n'avez pas eu l'occasion de lire…

*Dans chaque roman
HARLEQUIN, une belle
histoire d'amour…*

Postez-nous vite ce coupon-réponse!

Harlequin Romantique

**649 Ontario Street
Stratford (Ontario) N5A 6W2**

OUI, veuillez m'envoyer les volumes HARLEQUIN
ROMANTIQUE que j'ai cochés ci-dessous. Je joins un chèque ou
mandat-poste de $1.75 par volume commandé, plus 75¢ de port
et de manutention pour l'ensemble de ma commande.

☐ 5	☐ 13	☐ 21
☐ 6	☐ 14	☐ 22
☐ 7	☐ 15	☐ 23
☐ 8	☐ 16	☐ 24

Nombre de volumes, à $1.75 chacun: $ _____

  .75

Frais de port et de manutention: $ _____

Total: $ _____

Envoyer un chèque ou mandat-poste pour le TOTAL ci-dessus.
Tout envoi en espèces est vivement déconseillé, et nous
déclinons toute responsabilité en cas de perte ou de vol.

21 156000000

_____

NOM   (EN MAJUSCULES, S.V.P.)

_____

ADRESSE   APP.

_____

VILLE   PROVINCE   CODE POSTAL

Nos prix peuvent être modifiés sans préavis.
Offre valable jusqu'au 31 MAI 1983.